LES

SEPT POUSSINS DE LA CLAUDINE

SIXIÈME SÉRIE. — Format petit in-8

Claudine et la Pouponne.

Mlle Marie POITEVIN

LES SEPT POUSSINS DE LA CLAUDINE

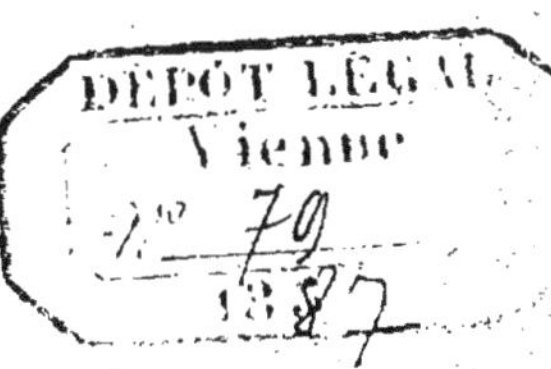

PARIS
H. LECÈNE ET H. OUDIN, ÉDITEURS
17, RUE BONAPARTE, 17

LES SEPT POUSSINS

DE

LA CLAUDINE

CHAPITRE PREMIER

LA PETITE FAMILLE.

Un soir de février, la Claudine, assise près de son feu, la Pouponne sur ses genoux, réfléchissait tristement. Il y avait déjà quinze grands iours que François son pauvre mari, si courageux à l'ouvrage et si doux pour les siens, était mort, la laissant toute seule avec ses sept enfants.

Qu'allait-elle devenir ? que faire pour les élever ?

En songeant à cela, elle passait en revue sa petite famille groupée autour d'elle.

D'abord son aînée, Sylvie, une belle fillette de quatorze à quinze ans, appelée dans sa famille Mère-Grand à cause de sa prédilection pour les grandes cornettes tuyautées, au fond desquelles elle cachait de son mieux son joli visage déjà grave.

Sylvie tricotait une mignonne paire de bas pour la

Pouponne, tout en regardant à la dérobée sa mère, dont le silence l'attristait.

En face de Claudine, sur un banc de bois blanc, un peu court pour deux, les jumeaux Martin et Martine se chamaillaient, suivant leur coutume, se poussant sans trêve des coudes et des genoux.

Ils étaient résolus à ne pas reculer d'une ligne et continuaient à grignoter leurs noix, malgré le danger où ils étaient de choir au moindre mouvement par trop brusque.

— Ote-toi de là, Tine, disait Martin, l'banc est à moi !

— Ote-z'y, toi, le père l'a fait pour nous deux ; comme t'es un garçon, tu dois m'céder la place, répondit Martine, en appuyant son dire avec une bourrade que Martin lui rendit sans tarder.

Charlot, leur cadet, un gros joufflu d'une dizaine d'années, à la toison d'un blond de filasse, aux yeux bleus étonnés, les regardait faire, tout en surveillant sa tartine beurrée qu'il avait mise à griller devant le feu de sarments dont la clarté illuminait la chambre.

Charlot, lui, était le gourmet de la bande ; son intelligence, assez paresseuse d'habitude, s'éveillait tout à coup, quand il s'agissait de bonnes choses à manger. Aussi, au lieu de mordre tout de suite, comme l'avaient fait ses frères et ses sœurs, dans la beurrée que sa mère lui avait donnée pour son souper, il l'avait précieusement gardée jusqu'à ce que le feu eût fourni une belle braise bien rouge ; alors il avait soigneusement balayé l'âtre, et ayant adroitement accoté sa tartine à une planchette, il la voyait avec délices se dorer peu à peu.

— Qu'elle va donc être bonne tout à l'heure, quand

j'auraî garni tous ses trous de morceaux de mes noix ! Quel régal ! se disait-il.

Puis, voyant que Martin et Martine prolongeaient leur dispute :

— Sont-ils bêtes, ceux-là, pensait-il, de se bourrer comme cela pour un banc, au lieu de manger tranquillement ! »

Hélas ! pauvre Charlot ! il était loin de se douter que Martine et Martin, toujours prêts, quand il s'agissait de quelque mauvais tour, avaient d'avance fixé pour la fin de leurs hostilités le moment où la bienheureuse tartine serait arrivée à son plus haut degré de perfection.

Et l'infortuné Charlot, inconscient du péril, continuait son œuvre avec un recueillement profond, pendant que les deux futurs larrons le surveillaient du coin de l'œil. Il allait enfin jouir du fruit de ses peines, quand les deux jumeaux, se levant à la fois, s'élancèrent d'un même bond sur l'objet de leur convoitise.

Martine s'en saisit en même temps que Martin ; mais la fillette, plus nerveuse, emporta la grosse part, car Martin, lui, n'eut qu'une bouchée.

Quant à Charlot, à moitié suffoqué par la stupeur et le désespoir, il dut se contenter d'une goutte de beurre fondu, qui pendant la lutte lui tomba sur le nez.

— Ma tartine, ma tar.....tine ! s'écria-t-il en sanglotant : j'en voulais faire goûter à Pierrot et à Georgette !....

— Console-toi, Lolo, dit Pierrot, un beau petit garçon brun, qui s'était commodément installé aux pieds de Sylvie, sur un sac de grosse toile plié en quatre, et lisait tranquillement. Je n'ai plus faim.

— Mais je n'ai pas mangé, moi ! reprit Charlot en pleurant toujours. Et puis..... ce n'était pas une tartine comme les autres, celle-là !

— Tu vas rendre tout de suite la tartine de Charlot, dit à Martine Sylvie qui se décida à intervenir, en voyant que sa mère était tellement absorbée qu'elle n'avait rien entendu de cette petite scène.

Pour toute réponse, la petite révoltée mordit à belles dents dans le corps du délit, en faisant la nique à Charlot. Sylvie, indignée, se leva, et comme elle ne réussissait pas à dégager la tartine, elle lui administra avec flegme deux ou trois petits soufflets dont l'effet fut merveilleux ; force resta à l'autorité.

Mais dans quel état le pauvre Charlot reçut-il son bien des mains de Mère-Grand ! La vue en était navrante, et le chagrin de l'enfant en redoubla.

— Qu'y a-t-il donc, Sylvie ? demanda la mère, tirée enfin de sa torpeur.

— Martine est méchante... chantonna Georgette, une jolie blondine de quatre ans, assise auprès de sa mère, sa poupée entre les bras.

— C'est Martine qui a pris la beurrée de Charlot, dit la grande sœur.

— Si les enfants ont encore faim, Sylvie, reprit la mère, qui n'avait vu dans le méfait de Martine qu'une preuve d'appétit, donne-leur encore du pain, ma bonne fille. Mais je ne veux pas de disputes, tu feras la distribution toi-même.

— Bien, mère, répondit Sylvie, en allant aussitôt prendre dans le buffet la miche et le pot de beurre.

Martin et Martine se rapprochèrent vivement de la table.

Mère-Grand, en les voyant, prit un air sévère :

— Toi, Martine, va là-bas, dit-elle en montrant un coin de la chambre. Martin te fera vis-à-vis dans l'autre coin.

Les deux jumeaux firent un signe de refus.

— Eh bien, si vous ne voulez pas obéir, vous n'aurez rien du tout, reprit Sylvie ; et puis, baissant la voix, elle ajouta : « N'avez-vous pas honte de vous conduire ainsi quand notre maman a tant de chagrin ? Vous n'aimiez donc pas le pauvre père, que vous l'avez si vite oublié ?

— Oh ! non ! Sylvie, pardonne-nous ! dirent à la fois les deux coupables attendris par le ton de reproche de la jeune fille.

— Laisse-nous auprès de toi, nous serons bien tranquilles, dit Martine en prenant câlinement Mère-Grand par le cou.

— Moi, je ne bouge plus d'abord, dit Martin en regardant du côté de sa mère.

Sylvie commença sa distribution :

— Tiens, mon bon Charlot, voilà deux tartines et quatre noix pour te consoler, dit-elle ; mais, une autre fois, mon gros, ne sois plus si gourmand. Si tu avais mangé ta beurrée en même temps que tout le monde, Martine ne te l'aurait pas enlevée.

— Maintenant, venez, Pierrot et Georgette, vous toujours si gentils et si sages, continua-t-elle, en donnant aux enfants deux belles tranches de pain amplement beurrées.

A cette vue, la Pouponne s'agita violemment sur les genoux de sa mère en poussant de petits cris : « Nanan ! Nanan ! » disait-elle.

— Est-ce que Pouponne voudrait cette belle petite croûte dorée ? demanda la jeune fille en s'approchant du baby ravi.

Certes que Pouponne voulait cette belle petite croûte! Elle le fit bien voir par l'énergie qu'elle déploya pour s'en emparer des deux mains, pendant que Mère-Grand baisait doucement ses petits doigts potelés. Après Pouponne, Martin et Martine eurent leur tour, puis Sylvie remit tout en ordre, et reprit son tricot. Claudine, toujours absorbée, regardait successivement passer devant ses yeux ses sept poussins, comme le père avait coutume de les appeler.

Oui, il y en avait bien sept, tous forts et bien portants, grâce à Dieu ! sept petites bouches accoutumées à faire régulièrement leurs quatre repas (sans compter les tartines supplémentaires, ainsi qu'on a pu le voir).

Il y en avait bien sept, et il fallait à tout cela des souliers, des pantalons, ou des jupes, des caracos ou des vestes, sans compter les feutres et les bonnets...

Une assez grosse pile d'écus restait encore au fond de l'armoire, et, malgré la maladie du père, on ne devait heureusement rien à personne.

Quand l'héritage du cousin Jérôme, l'année précédente, était venu si à propos pour les tirer de peine, Claudine avait supplié François de laisser chez le notaire du bourg la moitié de la somme. Elle y était encore, mais tout cet argent ne pourrait les faire vivre bien longtemps, maintenant que le père n'était plus là, pour combler par son travail les brèches qu'elle allait être forcée d'y faire pour la vie de chaque jour. Les enfants étaient déjà grands, il fallait leur choisir un état, et les bien diriger surtout.

— Si mon pauvre homme nous voit de là-haut, se disait Claudine, mon Dieu, qu'il doit donc avoir de la peine, lui qui aimait tant les petits ! Allons, si j'veux pas qu'il soit trop malheureux, il faut que les enfants tournent bien. Il faut surtout qu'ils soient honnêtes et bons travailleurs comme le père...

Mais comment que j'dois m'y prendre?

Les uns me disent une chose, les autres une autre. Dois-je vendre la maison ou la garder? Que faire des enfants? Il n'y a que Monsieur Zéphyrin qui puisse me conseiller, se dit-elle.

Et, sans s'apercevoir qu'elle parlait tout haut, elle ajouta :

— Oui, c'est cela, j'irai demain.

— Où donc, mère? demanda Sylvie.

— Chez Monsieur Tournois, répondit Claudine. Mais il se fait tard. Fillette, fais coucher les enfants.

CHAPITRE II.

UN DRAME EN PATACHE.

Monsieur Zéphyrin-Victor-César Tournois jouera un rôle trop important dans cette histoire pour que nous le présentions sans façons à nos lecteurs.

Nous pourrions faire de lui un portrait détaillé, parler de ses cheveux, de ses yeux, de la forme de son nez, décrire minutieusement ses vêtements et ses habitudes, et même insinuer tout doucettement que, comme la plupart des grands hommes, il avait quelques légers travers.

Mais si, par malheur, ce livre venait à tomber entre les mains de notre vieil ami, il ne nous pardonnerait pas d'avoir fait de sa personne un prétexte à grandes phrases, chose qu'il a en horreur.

Nous nous bornerons donc tout simplement à raconter comment il fit la connaissance de notre Claudine.

La rencontre fut singulière; l'oncle Zéph pourtant ne pourra nier la véracité du fait, puisque nous le tenons de lui-même. Si nous nous décidons à raconter la chose, c'est que le meilleur moyen de peindre ses héros, c'est encore de les prendre sur le vif.

Un an environ avant le commencement de cette histoire, le pauvre François Paturel était tombé gravement malade ; comme, à cette époque-là, on n'avait pas encore fait l'héritage du cousin Jérôme, la petite famille vivait presque au jour le jour, du travail de son chef. Claudine avait beau être la ménagère la plus économe de tout le pays, elle ne pouvait faire que les pièces de 5 francs valussent plus de cent sous, et que les poussins ne mangeassent pas toute la journée.

Un jour, François commençait heureusement à pouvoir se lever. Claudine, en fouillant dans sa bourse, n'y trouva plus qu'une belle pièce de dix francs. Elle était brillante et toute neuve encore, tant elle avait été

L'oncle Zéph.

soigneusement enveloppée, mais c'était la dernière; après elle, plus rien.

François et Claudine tinrent conseil : François parla d'abord de retourner dès le lendemain au travail, et de demander sans honte, chaque soir, le prix de sa journée.

Claudine s'y refusa absolument ; son homme était encore trop faible ; une rechute était à craindre, et on ne devait pas s'y exposer.

Il fallait chercher autre chose.

Il fut alors question de vendre la Noire, cette bonne vache si douce, l'amie des enfants. Mais que seraient devenus les petits, sans leurs bonnes soupes au lait de chaque jour?

— Si j'étais plus fort, dit enfin François, j'irais au château, on me doit une trentaine de francs pour la façon des parterres, mais m'sieu Brémont, le beau-père de Madame, est si original! quand je lui ai demandé mes journées, il m'a répondu que c'étaient les affaires de sa bru, qu'elle me paierait quand elle reviendrait dès le commencement d'avril, mais que, pour lui, il ne voulait pus s'mêler de rien.

— C'est vrai que M. Brémont est un peu drôle, répondit Claudine. Il est colère de ce que c'est Madame qui commande à présent; mais il est bon homme au fond. J'irai demain lui dire ben honnêtement que tu es malade, et j'suis sûre qu'il me paiera tout de suite.

— Hum! dit François d'un air incrédule.

Le lendemain, Claudine revenait tristement de sa visite au château.

— Eh bien ? demanda François, dès qu'il l'aperçut

— Eh bien, lui répondit Claudine, m'sieu Brémont

est plus entêté qu'un âne rouge. Il m'a dit non, non, non.... Et comme je le suppliais de me donner au moins quelque chose sur la somme :

— Allez à la ville trouver ma bru, cela vous promènera, qu'il m'a répondu. Et il m'a tourné le dos.

— Bon ! le conseil n'est pas si mauvais, dit François. Madame est généreuse, et quand elle saura que son beau-père s'est montré si dur, elle nous dédommagera. C'est demain que le père Simon va à la ville ; le brave homme sera enchanté de nous rendre service et t'emmènera volontiers. »

Quand les poussins apprirent le voyage projeté, la Pouponne, qui ne pouvait alors, et pour cause, quitter sa mère d'un instant, devint un personnage digne d'envie.

La soirée se passa à préparer un grand panier plein des objets nécessaires à un baby qui voyage, et la bonne Sylvie travailla jusqu'à dix heures pour terminer une jolie paire de chaussons tricotés, que mademoiselle Pouponne devait mettre le lendemain.

Claudine arriva heureusement à la ville. Mme Brémont la reçut fort bien, et pour la consoler des mauvais procédés de son beau-père, elle lui donna, en plus de l'argent qu'on devait à son mari, une belle pièce de vingt francs.

Puis, s'étant informée des poussins restés à la maison, elle fit emplir à leur intention le fameux panier de joujoux et de vêtements.

Il était quatre heures, quand Claudine parla d'aller retrouver le père Simon à l'auberge du Lion-Couronné ; mais Mme Brémont, craignant pour la Pouponne la fraîcheur du soir, exigea que Claudine prît la patache pour retourner chez elle.

Elle la fit escorter par un de ses domestiques, avec l'ordre de porter le panier, de payer la place et de ne quitter Claudine qu'une fois qu'elle serait commodément installée.

Quand Claudine monta dans la patache, deux personnes s'y trouvaient déjà : c'était d'abord un monsieur, d'une cinquantaine d'années environ, dont la figure maigre et ridée était couronnée d'une chevelure un peu grisonnante déjà, et une jeune fille de seize à dix-huit ans, mignonne et gaie à plaisir. Claudine se serait volontiers assise à la place du fond, en face du monsieur, mais il y avait par terre un sac de nuit et un carton à chapeau qui barraient le passage, et de plus, sur la banquette, le monsieur avait déposé un livre qui devait être fort ancien, à en juger par la couverture.

La voiture se mit en marche; pendant qu'elle traversait la ville, les voyageurs, durement cahotés, étaient trop occupés à garder leur équilibre, pour échanger un mot. Mais, quand le faubourg Saint-Jean eût été franchi, et qu'on eût gagné la grande route, le monsieur et la jeune demoiselle se mirent à causer, tout en souriant à la Pouponne, qui, décidément émerveillée de son voyage, faisait de petites mines, les plus drôlettes du monde.

— Voyez donc, mon oncle, le charmant pays ! disait la jeune fille. Pourvu que votre maison soit située dans un endroit aussi joli !

— Je le souhaite pour toi, ma bonne Suzanne, répondit M. Tournois (Zéphyrin-Victor-César, si on s'en rapporte à la plaque de son sac de nuit). Oui, je le souhaite de tout mon cœur, car sans cela je serais désolé de t'avoir emmenée avec moi pour t'enfermer dans un trou.

— Oh ! avec vous, oncle Zéph, je me trouverai toujours bien, répondit affectueusement la jeune fille.

L'oncle Zéph, pour toute réponse, prit doucement entre ses deux mains la jolie tête brune de sa nièce, et la baisa au front.

Puis ils continuèrent à parler bas. Claudine, par discrétion, s'était mise à regarder par la portière. Mais mamzelle Pouponne, de qui on ne s'occupait plus, trouva ces façons d'agir fort mauvaises.

Claudine la mit toute droite sur ses genoux, et pour l'apaiser tout à fait, lui donna plusieurs de ces bons gros baisers de mère et de nourrice, qui retentissent si fort, quoiqu'ils soient si doux, si doux qu'ils ne laissent nulle trace sur les petites joues roses.

Pouponne fut calmée du coup, et pour montrer son contentement, elle ébaucha un fort joli pas de polka. Elle leva un pied, puis l'autre, admirant plus que jamais le bel effet de ses chaussons bleus.

Sa mère, ravie de la voir en belle humeur, la faisait passer alternativement d'un de ses genoux sur l'autre, en fredonnant à voix basse une ronde du pays.

La pauvre femme continuait machinalement cet exercice, en pensant à la joie que toute la maisonnée aurait à son retour, au contentement de François, et aux cris des poussins à la vue des joujoux donnés par Mme Brémont.

Pouponne dansait toujours.

Quand, tout à coup, une voix formidable se fit entendre :

— Mon Virgile! mon Virgile! s'écria le vieux monsieur en sautant comme un furieux sur le livre déposé sur la banquette auprès de Claudine, et fixant sur la pauvre femme des yeux étincelants.

— Ah! ça, ma bonne, continua-t-il avec colère, croyez-vous, par hasard, qu'on conserve les elzévirs en les arrosant ?

— Mais, monsieur!... dit la malheureuse Claudine interdite.

— Il n'y a pas de « mais, monsieur », reprit le voyageur irrité, tout en essuyant son livre avec le pan de sa redingote.

Claudine s'aperçut alors que, dans l'ardeur de la danse, il était arrivé à Pouponne un léger accident. Et, toute confuse, elle s'empressa d'essuyer la banquette avec la couche sur laquelle elle asseyait l'enfant.

— Et elle avait une couche encore! s'écria le vieux monsieur, dont la colère sembla augmenter à cette vue. Elle avait une couche!... Mais, quand on a une couche, on doit savoir s'en servir ; croyez-vous que je ne saurais pas m'en servir, si j'avais un enfant, moi ? continua-t-il avec emportement.

Claudine, épouvantée, secoua la tête sans trop savoir ce qu'elle faisait.

— Ah ! vous ne me croyez pas? reprit le vieux monsieur. Eh bien, vous allez voir! Et enlevant prestement Pouponne et la couche des mains de la pauvre mère stupéfaite, il accomplit en une seconde cette difficile entreprise, au moyen de deux épingles qu'il prit au revers de sa redingote, après quoi, redevenu plus calme il remit doucement le baby sur les genoux de sa mère en disant: — « Là elle peut danser la scottisch, maintenant! »

Pendant toute cette scène, la jeune fille riait aux larmes.

— Oh! mon oncle, mon oncle! balbutiait-elle sans pouvoir dire autre chose.

L'oncle Zéph, apaisé, la regarda d'un air triomphant.

— Eh bien, ma chère, n'ai-je pas bien réussi ?

— Pour cela, oui, répondit mademoiselle Suzanne en riant. Mais vous avez effrayé cette pauvre femme et ce joli baby, reprit-elle d'un air de reproche.

En effet, Pouponne, surprise au delà de toute expression par les façons de sa nouvelle femme de chambre, était d'abord restée coite. Mais, une fois rentrée dans le giron maternel, l'énergie lui était revenue, et c'est par une explosion de larmes qu'elle crut devoir protester contre l'attaque soudaine dont elle avait été l'objet. Claudine, désolée, la consolait de son mieux, mais sans y parvenir.

— Je crois, en effet, que j'ai été un peu trop loin, dit M. Tournois d'un air penaud. Tu as raison, Suzanne, j'ai été encore trop vif, cette fois.

Puis, s'adressant à Claudine, il lui dit avec bonhomie

— Pardonnez-moi, Madame, je regrette vivement ce mouvement de colère, mais je tiens tant à ce livre qui me vient d'un ami... Et le voir abîmer comme cela. Enfin, je suis désolé... tout à fait désolé de ma brusquerie. D'autant plus, reprit-il , en regardant encore son Virgile, qu'il n'y a pas eu grand mal, en somme.

— C'est de ma faute, j'aurais dû faire plus attention, Monsieur, répondit Claudine, rassurée par la bonne figure du vieux monsieur, et les efforts de la jolie Suzanne pour consoler Pouponne, qui se calmait peu à peu. Je sais bien que tout le monde ne connaît pas les enfants, et...

— Ce n'est pas moi, parbleu ! s'écria le monsieur d'un air de bonne humeur, en échangeant avec sa nièce un regard d'intelligence... Ainsi, tel que vous me voyez, ma bonne, continua-t-il en riant, j'ai élevé six enfants...

— Pas possible ! dit Claudine émerveillée en regardant le ruban rouge qui ornait la boutonnière du vieux monsieur.

— Rien n'est plus vrai, ma bonne, repartit l'oncle Zéph, et cela grâce à ma belle-sœur, une femme forte, très...

— Oncle ! murmura la jeune fille d'un air suppliant.

— Oui, ma chère, tu as raison. C'est ta mère, je ne dois pas l'oublier, dit M. Tournois d'un ton conciliant. Donc, pour en revenir à mon histoire, ma belle-sœur fort... adroite, quand il s'agissait de s'épargner de la peine, avait pris la douce habitude de dresser tout le monde autour d'elle à l'élevage des babys. Ils étaient nombreux et nous n'étions pas assez riches pour avoir plusieurs domestiques. Aussi, quand madame partait toute pimpante pour faire des visites, nous...

— Mon bon oncle ! s'écria Suzanne alarmée.

— Mais puisque je t'ai promis de ne pas oublier, Suza ! fit M. Tournois d'un air offensé. Bref, tout professeur au lycée que j'étais déjà à cette époque, j'ai dû souvent faire la bonne d'enfant. Ce que j'en ai habillé, déshabillé, débarbouillé, couché, fouetté, vous ne pourriez le croire. J'ai donné à boire au biberon, j'ai fait manger de la bouillie, etc.

Claudine riait de tout son cœur.

— Dieu sait ce que les marmots de ma belle-sœur m'ont donné de mal! continua l'oncle Zéph, enchanté de son succès. Tenez, celle-là, par exemple, dit-il avec malice en tapant doucement l'épaule de la jeune fille.

— Oh! oncle Zéph! s'écria Suzanne en rougissant.

— Eh! ma chère, il n'y a pas à le nier! Du reste, l'apprentissage prématuré que j'ai fait des petites misères de la vie de famille, est peut-être cause que je n'ai jamais cherché à me marier. — Mais, reprit-il, en voyant les beaux yeux de sa nièce fixés sur lui, avec toi, ma Suzanne, je ne le regrette pas... je ne le regretterai jamais, car (et sa voix s'altéra subitement) je n'aurais pas pu avoir une meilleure et une plus charmante fille que toi.

— Cela m'est bien facile, vous êtes si bon, cher oncle, dit Suzanne en prenant, pour la baiser, la main que l'oncle Zéph avait laissée sur son épaule.

— Vous voilà tout à fait rassurée, j'espère, ma bonne, reprit M. Tournois. Vous voyez que je ne suis pas, en somme, un bonhomme bien méchant ; mais je suis vif, pour ça, oui, diablement vif. Donc la paix est faite, n'est-ce pas? dit-il en tendant la main à Claudine.

Elle y mit la sienne avec un contentement naïf.

— Maintenant reste le baby, reprit l'oncle Zéph. Pardi! voilà l'affaire!

Et il tira sa montre de son gousset pour mettre les breloques dans la main de Pouponne.

— Mais comment vous appelez-vous, ma bonne ? demanda-t-il.

— Claudine Paturel, Monsieur.

— Avez-vous d'autres enfants que celui-là?

— Pardine, oui ! s'écria Claudine en montrant ses dents blanches ; il y en a encore six à la maison avec le père.

— Alors cela fait sept ! Enfoncée ma belle-sœur... s'écria M. Tournois, qui décidément avait de secrètes rancunes contre cette honorable dame. Il allait continuer, mais la jolie main de Suzanne lui ferma la bouche, et ce fut la jeune fille qui continua la conversation.

— Comment se nomment vos enfants, Madame ? demanda-t-elle gentiment.

— L'aînée s'appelle Sylvie, puis il y a les jumeaux Martin et Martine, après vient le gros Charlot, Pierrot, Georgette, et enfin Marguerite (Pouponne), répondit la bonne mère en soulevant le baby à plusieurs reprises.

— Et où demeurez-vous, Claudine? reprit M. Tournois.

— A Saint-Michel-des-Prés, au village que vous voyez là-bas, Monsieur, répondit Claudine en montrant un petit clocher entouré de verdure.

— Tiens, comme cela se trouve : c'est là que nous allons.

— Chez qui donc? demanda Claudine curieuse.

— Vous connaissez M. Forestier, celui dont la maison s'appelle les Grottes ?

— Je crois bien! Mais il est mort, mon bon monsieur !

— Hé, je le sais bien, puisque c'est moi qui suis son héritier, répondit M. Tournois. Le pauvre cousin s'est souvenu du jeune homme qu'il avait pris en amitié jadis, et à ses derniers moments il m'a légué toute sa fortune. C'était un bien brave homme.

— Oh ! oui, bien honnête, pour sûr... répondit Claudine. Mais un brin original tout de même.

— Hé! tant mieux ! reprit M. Tournois avec gaîté, ça fait qu'on ne s'apercevra pas trop du changement de propriétaire. Et la maison ? est-elle jolie ?

— Pour jolie, elle l'est, dit Claudine, quoiqu'elle ne soit pas moitié aussi blanche que celle de m'sieu le maire, qui a sur son perron un si joli toit de verre avec de grosses boules rouges toutes brillantes, accrochées dessous.

— Heureusement que Suzanne et moi, nous avons des goûts simples et que nous ne tenons ni au toit de verre, ni aux boules rouges, dit M. Tournois en gardant à grand'peine son sérieux. N'est-ce pas, mignonne?

— Oh! non! répondit Suzanne. Et pourvu qu'il y ait de belles roses...

— Et de beaux fruits, ajouta l'oncle Zéph, qui tenait au solide.

— Il y a des rosiers par centaines et les plus beaux fruits et les plus beaux légumes du pays, répondit Claudine.

— Alors tout est pour le mieux, reprit M. Tournois. Nous allons être heureux comme des princes, Suza et moi. Que la mémoire du pauvre cousin soit bénie ! »

On était alors arrivé devant la porte de Claudine.

Au bruit de la voiture, les six poussins sortirent en bande de la maison, et le père, tout faible qu'il était encore, parut sur le seuil pour voir Claudine et Pouponne descendre de la patache.

— Ah ! voilà toute la nichée, dit en riant M. Tournois. Eh bien, Claudine, tous mes compliments, ma chère ; vous avez là une jolie famille, et si vous le permettez, nous viendrons un jour, Suzanne et moi, faire plus ample connaissance avec eux.

— Ce sera un bien grand honneur pour nous, Monsieur, répondit Claudine toute glorieuse.

Et appelant son mari :

— Viens donc, François ! V'là M. Tournois, le cousin à défunt M. Forestier, qui vient à Saint-Michel pour habiter les Grottes.

François fit son plus beau salut.

— Bonjour, mon ami, dit M. Tournois d'un air aimable. Vous avez une bien brave femme et de jolis enfants.

— Oui ben, Monsieur, on n'a pas à se plaindre sous ce rapport-là, répondit François profondément flatté.

— Eh bien, au revoir tout le monde ! dit l'oncle Zéph en fermant la portière, après avoir fait un dernier signe avec la main.

La patache reprit le galop pour traverser le village, au grand ébahissement des commères intriguées.

Quelques jours après la prise de possession des Grottes par M. Tournois, de grandes voitures de déménagement arrivèrent à la file. La mère Germain, la femme de journée que mademoiselle Suzanne avait prise, sur la recommandation de Claudine, raconta à la veillée que M. Tournois avait à lui seul plus de livres que m'sieu le curé, m'sieu le maire et le libraire du bourg tous ensemble.

Un jour que François et Claudine étaient dans leur potager, la sonnette de la porte à claire-voie retentit, et l'oncle Zéph et Suzanne firent leur apparition au milieu de l'enthousiasme général. Ils venaient demander à François de se charger, en qualité de jardinier, de la surintendance des Grottes, ce que le brave homme accepta avec reconnaissance.

— Maintenant, ma bonne Claudine, dit gaîment l'oncle Zéph, passons la revue des poussins.

— Voici Sylvie, Charlot, Pierrot et Georgette, répondit la mère, tandis que les susdits poussins venaient gentiment saluer M. Tournois à l'appel de leurs noms.

— Mais vos deux jumeaux, où sont-ils donc ?

— Ils étaient là tout à l'heure, Monsieur, répondit Claudine ; mais ils sont moins tranquilles que les autres, ceux-là, vous savez, et dès qu'on a le dos tourné, prst... c'est envolé ! Mais je vais les appeler... Hé, Martine ! Hé, Martin ! cria-t-elle à plusieurs reprises.

— Coucou ! dit la voix de Martine.

— Coucou ! répondit Martin en écho.

— Ils sont encore dans la mare ! s'écria la mère consternée.

— Dans la mare ! dit l'oncle Zéph en riant. Mais alors ces deux poussins-là sont des canards. On vous a trompée, ma bonne, continua-t-il en suivant Claudine vers l'endroit où la voix des enfants s'était fait entendre.

Il arriva à temps pour assister à la correction bien sentie que la pauvre poule... la pauvre mère, veux-je

François fut chargé, en qualité de jardinier, de la surintendance des grottes.

dire, administra aux deux coupables, quand ils sortirent de leur retraite, enduits jusqu'aux genoux d'une boue noirâtre et fétide.

— Mais que diable ces canetons font-ils dans la mare? demanda l'oncle Zéph.

— J'voulions chercher des crevisses, na! dit Martin en pleurnichant.

— Et moi aussi! sanglota Martine.

— Des écrevisses dans la mare! Mais ces enfants sont fous! Eh bien, puisque vous les aimez tant, je vous en ferai manger, moi; mais vous allez d'abord promettre à votre mère de ne plus approcher de la mare, sans sa permission.

Les deux jumeaux se regardèrent.

— Promets-tu, toi? dit Martine.

— Commence d'abord, toi, dit Martin.

— Allons, enfants, reprit l'oncle Zéph, topez là tous deux en même temps, et il leur tendit sa main.

Martine allait frapper, quand elle s'arrêta.

— Combien que vous nous en donnerez de crevisses? demanda-t-elle avec défiance.

— Une douzaine à chacun.

— Bien vrai? alors je tope. Vas-y, toi, Martin!

— Tout de même, répondit le bambin.

— Voilà donc une affaire arrangée... Mais c'est égal, ma chère, ces deux mioches-là vous donneront plus de mal que tous les autres réunis, dit l'oncle Zéph.

— Hélas! mon bon monsieur, j'sais qu'ils sont ben imparfaits! » dit Claudine en soupirant.

Puis elle emmena les deux jumeaux pour procéder à leur toilette.

Le séjour de M. Tournois et de sa nièce aux Grottes fut un grand bonheur pour Claudine. Pas de jour qu'elle ne reçût d'eux soit un petit présent, soit des conseils ou une preuve d'amitié.

Quand le pauvre François subit la rechute qui devait l'emporter, l'oncle Zéph et Suzanne se chargèrent des enfants pour permettre à la pauvre femme de soigner son mari. Leur affection délicate adoucit un peu la perte cruelle qu'elle fit quelques semaines après, et contribua à lui rendre le calme dont elle avait si grand besoin pour diriger sa petite famille.

La confiance, que tout le monde dans le pays avait dans la bonté et la sagesse de l'oncle Zéph, était si grande maintenant, que lorsque Claudine dit à Sylvie qu'elle irait le consulter le lendemain, la fillette, déjà assez raisonnable pour se rendre compte des difficultés de leur situation, sentit son pauvre petit cœur devenir plus léger.

L'oncle Zéph s'occupant de leurs affaires, c'était pour sa mère le calme ; pour eux la sécurité.

CHAPITRE III.

LES CONSEILS DE L'ONCLE ZÉPH.

Ce fut mademoiselle Suzanne qui ouvrit à Claudine, quand elle arriva aux Grottes avec l'inévitable Pouponne sur les bras.

— Ah! ma bonne Claudine, dit la jeune fille, mon oncle sera enchanté de vous voir. Il avait l'intention de passer chez vous tantôt. Voici madame Paturel, oncle Zéph ! dit-elle en ouvrant la porte.

M. Zéphyrin Tournois était assis devant son bureau, les pieds allongés et les deux mains enfoncées jusqu'aux poignets dans ses cheveux, dont il s'amusait machinalement à étirer les mèches dans le sens de la hauteur. Il réussissait ainsi parfaitement à se donner l'aspect d'une tête de loup.

C'est de cette façon qu'il avait l'habitude de réfléchir dans les circonstances graves.

— Une manière comme une autre de se tirer les idées de la boule, disait-il en riant dans son langage pittoresque. Mais, cette fois, l'oncle Zéph avait l'air sérieux.

— Soyez la bienvenue, ma chère Claudine ; je pensais à vous, dit-il.

Il lui tendit la main et, après avoir délicatement caressé la joue de Pouponne, il avança un fauteuil près de son bureau. Comme Suzanne allait se retirer, son oncle la retint :

— Reste, mon enfant, dit-il. Claudine vient sans doute me demander conseil ; ton avis peut nous être utile.

— Oh ! oui, mademoiselle Suzanne ; vous m'aiderez à me faire comprendre de M. Zéphyrin, ajouta la veuve.

— Vous saurez fort bien le faire toute seule, ma bonne, car je sais depuis longtemps que vous êtes une femme intelligente et résolue. Mais voyons, de quoi s'agit-il ?

— Je veux vous consulter sur ce que j'ai à faire pour les enfants, Monsieur.

— Vous voulez les garder sans doute ? dit l'oncle Zéph d'un ton interrogateur.

— Ah ! mon bon monsieur, je le voudrais bien, mais est-ce possible? faut-il pas qu'ils apprennent à gagner leur vie? Ce n'est pas moi qui peux leur donner des états.

— Bravo! dit l'oncle Zéph, qui parut soulagé en apprenant la résolution de Claudine (car il avait craint que, par un amour maternel irréfléchi, elle ne pût se résoudre à se séparer de ses enfants) ; c'est parler en vraie mère et en femme sensée. Mais comment vous y prendrez-vous ?

— Eh bien, Monsieur, j'ai l'intention de vendre la maison et les champs. Ils me viennent de mon père, et le notaire dit que j'en ai le droit, à condition de placer l'argent. Le père Simon m'offre 1,500 francs du tout. Il dit qu'avec les 700 francs qui me restent du cousin Jérôme, cela me fera plus de 130 francs de rente, avec lesquels je pourrais payer l'apprentissage et l'entretien des garçons.

— Et vous ?

— Moi, j'irai en journée.

— Le père Simon est un vieux madré, s'écria l'oncle Zéph. Il a toujours le nez dans les journaux, et il sait bien de quoi il retourne. Je ne veux pas vous donner des espérances qui ne se réaliseront probablement pas de sitôt. Mais sachez bien, Claudine, que le père Simon pouvait vous offrir le triple, et faire encore une très bonne opération. Je vous dis, moi, que, loin de vendre la maison, il faut la garder; vous verrez un jour si je ne suis pas aussi malin que le père Simon.

— Oh, Monsieur! sans doute, s'empressa de répondre Claudine, tant elle craignait de le voir se fâcher.

— Et puis, la maison vendue, où irez-vous?

— J'aurais loué deux petites chambres chez la mère Germain et je m'y serais installée avec Pouponne, Georgette et Pierrot qui doit continuer à aller à l'école jusqu'à sa première communion.

— Ta! ta! ta! dit l'oncle Zéph en se levant, ce n'est pas ça du tout. Avez-vous confiance en moi, Claudine?... reprit-il en arrêtant sur la veuve ses yeux noirs profonds.

— Ah! mon bon monsieur! autant qu'en mon pauvre François.

— Alors, ma chère, écoutez-moi : je puis facilement vous prouver que la maison représente pour vous et vos enfants une somme bien supérieure à 100 francs de rente, et c'est là ce qui vous resterait, une fois votre loyer payé; car la mère Germain ne vous demandera pas moins de 30 francs, peut-être même 40 par an. Eh bien, croyez-vous que les légumes et les fruits de votre jardin, le produit du lait de votre vache nourrie par votre champ et les volailles que vous pouvez élever ne vous donneront pas, et au delà, les 100 francs de rente qui vous resteront sur le produit de la maison?

— Oh! pour sûr que si! s'écria Claudine. Ce que c'est de savoir compter, tout de même.

— Donc, continua l'oncle Zéph, votre intérêt bien entendu veut que vous gardiez la maison. Mais il y a une raison encore plus sérieuse, Claudine. Vous êtes une femme de cœur, vous me comprendrez. Ici la voix de M. Zéphyrin devint un peu émue.

— Vos enfants, dit-il, ont eu le malheur de perdre leur père juste au moment où il leur devenait le plus nécessaire pour les mener au bien. Il faut que vous ayez, vous, leur mère, de l'autorité pour deux. Il faut que, dans les circonstances importantes de leur jeunesse, vous puissiez invoquer à leurs yeux le souvenir de ce père aimé et respecté ; que vous puissiez parler en son nom, comme il l'aurait fait lui-même, et cela à la place où ils ont pu le voir si souvent. Est-ce dans les petites chambres de la mère Germain que vos enfants retrouveront l'image du père liée à tous leurs souvenirs d'enfance? Non, croyez-moi, ceux qui peuvent revenir longtemps dans la maison où ils sont nés n'en sont que meilleurs et plus heureux... Eh bien, que décidez-vous?

— Comment me demandez-vous cela , Monsieur ? s'écria Claudine, dont les larmes avaient coulé lentement pendant que l'oncle Zéph parlait de son mari. Mais le père Simon m'offrirait dix mille francs à cette heure que je refuserais. J'avais le cœur bien gros, allez ; mais je me résignais en pensant aux enfants.

— Les parents ne doivent jamais pousser si loin le sacrifice, à moins d'absolue nécessité, Claudine ; vos enfants sont en âge de travailler. Dans quelques années, s'ils sont bien dirigés, ils doivent se suffire à eux-mêmes. Quant à vous, il faut vous préparer des ressources pour le moment où la vieillesse viendra ; car, au village comme ailleurs, on ne respecte bien que ceux qui n'ont besoin de personne. Aidez vos enfants le plus que vous pourrez, c'est votre devoir, mais ne vous dépouillez pas pour eux, quand cela ne serait que pour être en état de leur venir en aide un jour. L'affaire de la maison réglée, passons aux enfants.

— Sylvie... dit Claudine.

— Ne nous occupons pas de Mère-Grand encore, répondit l'oncle Zéph ; tout à l'heure, je vous dirai pourquoi... Mais ceux qu'il faut placer tout de suite, ma bonne, c'est Martin et Martine, nos deux canards. D'abord, parce que ce sont les moins dociles, et qu'ils ont besoin dès maintenant, pour les diriger, d'une main plus ferme que celle de leur maman ; ensuite leur insouciance leur fera supporter plus facilement l'exil de la maison paternelle. Avez-vous quelques projets sur eux ?

— Oui, Monsieur. Landri Rocher, le fermier de Grandpré, et sa femme Annette, qui sont parrain et marraine de Martine, m'offrent de la prendre chez eux. Elle s'occupera de la laiterie, du poulailler et un peu de la cuisine sous la direction d'Annette ; Martine n'est pas bête, et je sais que, là, elle sera bien traitée et dressée à devenir une bonne ménagère.

— Et d'une, dit M. Tournois. Mais Martin ?

— Martin, j'ai pensé pour lui à Romain Diégard, le maréchal ferrant ; c'était le camarade de mon pauvre François ; je sais qu'il cherche un apprenti. Martin adore les chevaux, le bruit et le tapage. Ce métier-là lui plaira, et Romain sera doux au fils en souvenir du père. Du reste, maître Diégard est à Grandpré. Martin et Martine se verront tous les jours, et...

— Vous avez, ma foi, raison, ma bonne Claudine, dit l'oncle Zéph d'un air narquois ; ces enfants-là ont la douce habitude de se disputer chaque jour ; pourquoi la leur faire perdre en les séparant ?

— Mais, mon oncle, dit Suzanne en venant gracieusement s'accouder au fauteuil de M. Tournois, vous ignorez donc qu'il y a des gens sans cesse en querelle et qui pourtant ne peuvent se passer l'un de l'autre? c'est le cas de Martin et de Martine et de bien d'autres encore.

— Pas de ta mère et de moi, toujours ! s'écria l'oncle Zéph avec malice, car nous...

— Occupons-nous du pauvre Charlot maintenant, reprit Suzanne, en interrompant l'oncle Zéph, de peur de quelque nouvelle boutade.

— Ah, oui, Charlot! que ferons-nous de ce gros empoté, Claudine ?

— On me propose quelque chose pour lui, Monsieur; on me dit qu'avec du goût il pourrait devenir...

— Quoi donc ? maréchal de France ?...

— Oh! non, Monsieur, pâtissier, répondit naïvement Claudine.

— Quelle chute ! s'écria l'oncle Zéph en riant aux éclats. Je crois que cela vaut mieux pour lui, du reste, car il est de nature à préférer le feu de la cuisine à celui de l'ennemi...

— Alors, vous croyez, Monsieur, que je dois consentir?

— Mais tout de suite, ma bonne! Lui avez-vous annoncé son heureuse destinée?

— Pas encore, Monsieur ; mais les enfants savent bien qu'ils seront forcés de quitter la maison. Le père leur avait dit souvent qu'à douze ans il gagnait déjà son pain et qu'il faudrait qu'ils fassent comme lui. Je crois qu'ils s'y résigneront sans trop de peine et qu'ils seront raisonnables, pour ne pas augmenter mon chagrin ; mais c'est moi qui aurai du mal à ne plus voir, comme de coutume, tous mes poussins autour de moi. Je ne pourrai les voir tous les jours, peut-être pas même toutes les semaines. Dieu ! que le temps me paraîtra long! dit la pauvre mère en laissant échapper quelques larmes.

— Eh bien, si je vous donnais le moyen de les voir deux fois par semaine, au moins, seriez-vous contente? dit l'oncle Zéph d'un air triomphant.

— Serait-ce possible ! mon bon monsieur, s'écria Claudine suffoquée de joie.

— Ce sera possible si vous voulez, répondit M. Tournois.

— Si je le veux! ah! Monsieur Zéphyrin, dites vite! balbutia Claudine toute bouleversée.

— Ma bonne, quand je m'occupe des gens, moi, c'est...

— Pour les rendre heureux, continua gentiment Mlle Suzanne, en se penchant pour regarder son oncle et replacer la barrette qui avait fait un demi-tour à gauche.

L'oncle Zéph punit l'interruptrice avec une petite tape sur la joue, puis il ajouta :

— Oui, certes ! Et pour vous rendre heureuse maintenant, ma pauvre Claudine, que faut-il donc ? Vous donner les moyens de surveiller de près la santé et la conduite des enfants que vous êtes forcée de placer, sans que votre travail en souffre, car vous n'êtes pas riche et vous devez gagner chaque jour votre vie et celle des poussins que vous garderez auprès de vous Est-ce bien cela ?

— Oh ! oui, Monsieur, dit Claudine, qui était rouge d'impatience.

— Eh bien, le problème n'était pas facile, mais je l'ai résolu, je crois ; c'est...

— C'est ? s'écrièrent à la fois Claudine et Suzanne en voyant que l'oncle Zéph, avec l'habileté d'un orateur consommé, faisait une pause au moment décisif pour mieux frapper son auditoire.

— De remplacer le père Pichon, qui ne peut plus continuer ses tournées...

— Le messager ! dit Suzanne en battant des mains. Ah ! mon oncle, la bonne idée !

— Qu'en dites-vous, Claudine ?

— Certainement, c'est très bien trouvé, dit Claudine désappointée. Mais le père Pichon n'avait pas d'enfants à soigner, lui ! Que ferai-je de Pouponne et de Georgette ?

— Quand il fera vilain temps, vous nous les amènerez ici. Suzanne et moi, nous nous en chargeons. Mais quand il fera beau, vous les emmènerez dans votre équipage.

— Mon équipage, Monsieur ? dit Claudine interdite.

— Vous croyez que je veux plaisanter, ma bonne ; rassurez-vous et procédons par ordre. Vous savez que le père Pichon allait deux fois à la ville en passant par Grandpré. M. le curé, M. le maire, Mme Brémont, moi et bien d'autres encore, nous lui remettions une liste des objets qu'il se chargeait de nous rapporter ; à Grandpré, c'était la même chose, et outre le prix de la commission, le bonhomme touchait de temps en temps quelques petites sommes des marchands chez qui il allait faire des achats. Son gendre, Remi Perraud, me disait, l'autre jour, que son beau-père se faisait ainsi plus de soixante francs par mois et qu'il était bien fâcheux pour lui qu'aucun de ses garçons ne fût en âge de continuer le métier de leur grand-père.

— C'est vrai, ça, dit Claudine.

— Eh bien, ma chère, sans vous en rien dire, reprit l'oncle Zéph, je suis allé demander aux clients du père Pichon de vous accorder leur confiance, et j'ai pleinement réussi. On vous connaît comme une honnête et brave mère de famille, et tout le monde se réjouit à l'idée de vous faire gagner quelque argent. Ici et à Grandpré, les commissions vous attendent, et, dans huit jours, vous pouvez commencer.

— Je vous suis bien reconnaissante, Monsieur, mais...

— Vous partirez vers les sept heures dans votre équipage, avec Pouponne et Georgette.

— Mais, Monsieur!

— Dans votre équipage, dis-je, continua l'oncle Zéph d'un ton péremptoire, sans daigner prendre garde à l'interruption. Vous arriverez tranquillement à Grandpré pour déjeuner à l'auberge de la mère Cyprienne, qui se charge de recevoir pour vous les commissions et l'argent pour les achats (c'est chose convenue entre nous), vous embrasserez vos deux canards accourus au bruit ..

— Au bruit de quoi, mon oncle? demanda Suzanne.

— Au bruit de l'équipage, parbleu! répondit l'oncle Zéph avec malice, et puis, fouette cocher!... Vous prenez le chemin de la ville...

— Mais fouette quoi, mon bon oncle ? s'écria Suzanne, tout aussi intriguée que Claudine.

— Une heure et demie après, continua M. Tournois, décidément sourd, vous faites votre entrée dans Villeneuve-le-Grand, où vous vous arrêtez au Lion-Couronné, chez la bonne madame Joséphine Lambert. De là, vous irez embrasser Charlot, que vous trouverez probablement, soit en train de manger des brioches, soit... soit d'en faire, chez monsieur et madame Boniface Pontifieux. Les courses viendront après ; les affaires terminées, vous reprenez le chemin de Grandpré, où vous vous déchargez d'une partie de vos commissions, et après une nouvelle embrassade aux canards, vous revenez à Saint-Michel-des-Prés, le cœur tranquille, puisque vous aurez vu vos poussins en bonne santé et en belle humeur, et la bourse augmentée de plusieurs belles pièces blanches.

Claudine voulut parler, mais l'oncle Zéph ne lui en donna pas le temps.

— Ici, dit-il, votre arrivée est accueillie par un enthousiasme général. A moi, vous apportez des livres, à Suzanne des rubans, du coton à broder, à repriser, à tricoter, et des provisions de bouche ; à M. le curé des sermons nouveaux, à M. le maire une écharpe fraîche, à madame la mairesse...

— Oncle ! dit Suzanne, qui craignait quelque malice.

— Oui, ma chère, c'est vrai, je m'oubliais encore... Hum ! hum ! Et si Claudine est une femme intelligente, qui l'empêchera, une fois ses relations bien établies à la ville, d'emporter chaque fois, pour les vendre, une ou deux douzaines de ces excellents fromages à la crème qu'elle fait si bien? ou les plus beaux légumes, les plus beaux fruits de son jardin; sans compter les fleurs, que les dames de la ville aiment tant, pour garnir leurs salons? Autant de pièces blanches à récolter... N'est-ce pas bien combiné?

— C'est beau, beaucoup trop beau! Mais le moyen d'y arriver toute seule, Monsieur? répondit Claudine avec regret.

— Toute seule!... Eh! que non pas, ma bonne, vous aurez pour compagnon une excellente créature, dévouée, fidèle, dure à la fatigue, sobre, modeste dans sa mise et philosophe par-dessus le marché. Pourtant je ne veux rien vous cacher, Claudine, sa voix est peu harmonieuse, et ses oreilles fort longues, mais...

— Un âne! s'écria Suzanne enchantée. Enfin!

— Oui, un âne, répéta M. Tournois, tout joyeux de l'effet produit sur son auditoire.

Claudine, muette de surprise, ne pouvait dire un mot.

— Un âne que je veux vous donner, Claudine, un bel âne, le plus beau et le plus solide que nous puissions trouver à la foire de Villeneuve, qui se tiendra dans huit jours. Quant à la voiture, je me suis entendu avec Jean Sabourin, le charron. Il vous louera pour chaque voyage une charrette que vous achèterez quand vous aurez gagné assez d'argent pour faire cette dépense. Pour moi, je me charge de la bride et des harnais.

— Et moi des pompons! dit Suzanne. Je veux que l'âne de Claudine soit le plus élégant de tout le pays, et que ses grelots avertissent, une demi-lieue à l'avance, les deux canards de l'arrivée de leur mère.

— Oh ! que vous êtes donc bons, monsieur Zéphyrin, et vous, mamzelle Suzanne ! s'écria la pauvre Claudine tout émue.

— Quoi de plus naturel, ma bonne, puisque nous vous aimons, vous et les enfants ! Du reste, mon concours n'est pas tout à fait désintéressé, car j'ai quelque chose à vous demander en échange.

— Quoi donc, Monsieur ?

— Eh bien, je vous demande votre Mère-Grand pour aider la pauvre Suzanne, à qui la mère Germain laisse vraiment une trop grande part de la besogne.

— Mais, mon oncle ! dit la jeune fille en protestant.

— Laisse donc, mignonne, je sais ce que je dis, répondit l'oncle Zéph. Sylvie est ta préférée, c'est aussi ma favorite. J'aime cette brave fillette, si bonne et si sérieuse. Elle est adroite, active, soigneuse. Tu auras en elle le plus dévoué des lieutenants. Et si Claudine consent à la laisser... ?

— Entrer chez vous ! Ah ! monsieur Zéphyrin, mais ce sera une joie pour elle et un honneur pour moi.

— Voyez-vous, ma bonne, reprit l'oncle Zéph en souriant, je ne sais si vous vous en êtes déjà aperçue, mais je deviens un bonhomme de plus en plus égoïste, ne pensant qu'à mes aises.

— Oh ! fit Claudine, choquée de ces calomnies que M. Tournois se permettait contre lui-même.

Suzanne, elle, très surprise, se contenta de sourire à cette confession inattendue, se demandant où son oncle voulait en venir.

— C'est absolument comme je vous le dis ; ma bonne Suzanne est la plus gentille et la plus prévenante des ménagères ; chaque jour, c'est une surprise nouvelle, une recherche délicate, qu'elle s'ingénie à me procurer. Depuis que nous sommes à Saint-Michel, je me suis tellement habitué à être gâté, dorloté et choyé, que je serais profondément privé s'il me fallait renoncer à cette douce vie... Or, Suzanne me quittera un jour, et.

— Moi, mon oncle, jamais ! s'écria la pauvre Suzanne, et elle s'élança en sanglotant au cou de M. Tournois. L'oncle Zéph attira la jeune fille dans ses bras et, après l'avoir embrassée au front, lui dit :

— As-tu jamais pu croire, ma pauvre chérie, qu'en te prenant avec moi, je te demanderais à tout jamais le sacrifice de ta vie ? Non. J'ai voulu seulement te donner quelques-unes de ces années de calme et d'insouciance si nécessaires à la jeunesse, et qui sont comme une sorte de trêve entre les chagrins de l'enfance (ta mère ne te les a pas épargnés) et le moment où commencent pour tous les difficultés réelles de la vie ; mais sois bien assurée, mon enfant, que je n'ai jamais entendu confisquer ton avenir à mon profit. Le jour où tu rencontreras l'honnête homme que tu choisiras pour ton mari, tu pourras le suivre sans crainte, l'oncle Zéph aura été payé au centuple des prétendus sacrifices qu'il aura faits pour toi, par les années heureuses que tu lui auras données.

— Je ne veux pas vous quitter ! non, jamais ! mon oncle, répéta Suzanne.

— C'est là une promesse que je n'accepte pas, ma fille, dit l'oncle Zéph avec dignité, car elle n'aurait sûrement d'autre résultat que de nous rendre malheureux l'un et l'autre. Je veux, au contraire, que tu sois entièrement libre de disposer de ta vie. Et pour cela, il faut que tu sois bien certaine que le vieil oncle grognon, que tu aimes malgré tout, ne souffrira pas trop de ton absence, et que ses chères habitudes, ses petites manies seront respectées comme de coutume. Eh bien, n'est-il pas bien plus sage de nous occuper dès maintenant de te trouver un remplaçant? Sylvie est bien jeune encore, mais quand elle aura passé quelques années sous ta direction, ne sera-t-elle pas capable de me soigner avec l'aide de la mère Germain, comme tu le ferais toi-même ?

— Oh! oui, dit Suzanne.

— Et après elle, reprit l'oncle Zéph, car je prévois que, malgré son bonnet de vieille, elle trouvera bien un épouseux quelque jour, après elle, dis-je, il y aura Georgette, et puis Pouponne, oui, Pouponne, continua-t-il en caressant la joue du baby, si l'oncle Zéph se décide à faire concurrence aux patriarches... Mais parlons raison, Claudine... Je donnerai à Sylvie...

— Monsieur Zéphyrin, je ne veux rien entendre, dit Claudine en se levant vivement. Vous donnerez à Sylvie ce que vous voudrez, et ce sera toujours trop, après les services que vous m'avez rendus. Je regrette bien d'être forcée d'accepter votre argent, allez!

— Oh! oh! la mauvaise tête! dit l'oncle Zéph. Allons, c'est convenu, je donnerai ce que je voudrai. Mais je ne veux pas, non plus, que vous vous trouviez toute seule, et que vous soyez excédée de fatigue avec les trois enfants. Sylvie retournera chaque soir pour vous aider à les soigner. Et cela sera ainsi parce que je le veux, ajouta-t-il en répondant d'un geste aux objections qu'il la voyait prête à lui faire. Morbleu ! il faut avoir de la volonté en ce monde !

— Oui, oncle Zéph, vous avez bien raison, dit malignement Suzanne ; or, comme je ne veux pas vous quitter, moi...

— C'est convenu fillette, jusqu'à nouvel ordre, du moins, répondit M. Tournois avec une douce ironie. Mais qui vient là ? dit-il en voyant la porte de son cabinet s'ouvrir, et un homme d'une trentaine d'années, à la figure intelligente et douce, entrer sans se faire annoncer. Ah ! c'est le docteur ! il arrive à propos.

C'était, en effet, le docteur Marcel Vernier, qui entrait sans cérémonie, comme un ami de la maison.

A la vue de Suzanne, penchée au cou de son oncle, et les yeux encore pleins de larmes, il s'arrêta brusquement, de peur d'indiscrétion, et fit mine de se retirer.

— Ah ! ça, qu'est-ce qui vous prend, docteur ? dit l'oncle Zéph en se levant pour le retenir. Les yeux rouges de Suzanne vont-ils vous mettre en fuite ? Ne savez-vous donc pas que les larmes des jeunes filles sont comme les averses du printemps, et que le rire ou le soleil les suivent de bien près ? Ou bien, est-ce le monstre qui les a fait couler que vous voulez pourfendre ? Eh bien, le monstre, c'est moi ; qu'avez-vous à me dire ?

— Que ce sont de douces larmes alors, mon ami, répondit M. Vernier en serrant affectueusement la main de l'oncle Zéph, car ce sont les seules dont on puisse vous accuser jamais.

— Ah ! si vous venez pour me continuer les douceurs que Claudine et Suzanne m'ont débitées depuis une heure, vous pouvez bien vous en aller... dit M. Tournois en faisant mine de se mettre en colère.

— C'est bien, j'y vais de ce pas, fit M. Vernier en prenant le bouton de la porte.

L'oncle Zéph l'arrêta au passage.

— J'ai dit : vous en aller au jardin avec Suzanne qui vous montrera mes nouveaux plants, continua-t-il gaîment. Cela vous fera attendre le déjeuner ; car vous déjeunez avec nous, docteur?

— Volontiers, dit M. Vernier, en sortant avec la jeune fille.

— Maintenant, récapitulons nos affaires, Claudine: donc on garde la maison ; Martine, Martin et Charlot sont placés ; Pierrot va à l'école, Sylvie vient avec nous, et vous prenez la suite des affaire du père Pichon. La chose importante maintenant, c'est l'achat d'un âne ; nous nous en occuperons dans huit jours, et nous irons pour cela tous ensemble à la ville.

— Si vous vouliez bien, M'sieur Zéphyrin? dit Claudine en hésitant...

— Quoi donc, ma bonne? fit l'oncle Zéphyrin étonné.

— Si cela vous était égal, je voudrais bien, Monsieur, qu'il ne fût pas question de l'âne devant les enfants ; car si Martin et Martine savaient qu'il doit en venir un à la maison...

— Eh bien?

— J'aurais beaucoup plus de peine à les décider à s'en aller, Monsieur.

— Mais c'est sagement raisonné ! dit en riant l'oncle

Zéph. En effet, ils seraient capables de regretter l'âne plus que tout le reste. Soyez sans crainte, ma bonne Claudine, vos deux canards ne seront pas prévenus de l'arrivée de ce nouveau camarade.

CHAPITRE IV.

COMME QUOI TROIS POUSSINS PARTIRENT DE SAINT-MICHEL-DES-PRÉS ET UN ANE Y ARRIVA.

Huit jours après, une voiture commandée par l'oncle Zéph s'arrêta de bon matin devant la porte de Claudine.

C'était le jour du départ des poussins : Martin et Martine allaient à Grandpré, l'un chez Romain Diégard, le maréchal ferrant, et l'autre à la ferme des Courgettes, chez les Rocher ; quant au pauvre gros Charlot, il devait entrer le jour même à Villeneuve-le-Grand, en qualité de gâte-sauce, chez M. et Mme Boniface Pontifieux.

On savait que M. Tournois et mademoiselle Suzanne devaient aller aussi à la ville, mais le secret avait été si bien gardé, qu'aucun des enfants ne se doutait que l'achat d'un âne fût le véritable motif du voyage de l'oncle Zéph et de sa nièce.

Les deux canards supportaient leur prochain exil avec une heureuse philosophie.

Au fond, ils avaient bien du chagrin de quitter leur maman, mais le trajet en voiture leur promettait de telles jouissances, qu'ils réservaient sagement leurs larmes pour le moment définitif des adieux.

Et puis, ils partaient ensemble pour aller dans le même pays et se promettaient tout bas de faire souvent de ces bonnes parties, qui à Saint-Michel étaient bien difficiles, à cause de la surveillance de Claudine et de Mère-Grand. Ensuite, — car il faut tout dire, — ils étaient glorieux de leur toilette.

Martine avait une jupe neuve rayée, un casaquin d'indienne à fleurs et une paire de beaux souliers, dont la semelle était garnie de plusieurs rangées de clous brillants. Ses souliers surtout la transportaient d'aise, et elle se penchait de côté à chaque instant en levant un pied, puis l'autre, afin de les admirer de plus près.

Martin aussi était superbe : il avait une solide culotte de gros drap, un peu trop large peut-être, car, en mère expérimentée, Claudine s'était méfiée des surprises de l'avenir, mais qui, par son ampleur même, lui donnait aux yeux des bambins du village l'apparence d'un bonhomme *calé*. Une blouse bleue, toute neuve, avec un col et des épaulettes en cretonne rouge, armés de fines broderies blanches (l'œuvre de Sylvie), et sur la tête un beau grand feutre avec ruban et boucle, qu'il s'enfonçait jusqu'aux yeux à grands coups de poing, ainsi qu'il l'avait vu faire aux farauds de Saint-Michel.

Charlot, lui, les yeux rouges et les joues marbrées, était tout entier au chagrin qu'il avait de quitter Pierrot et Georgette, avec qui il s'accordait si bien, et quoique

Claudine l'eût aussi bien traité que ses aînés sous le rapport de la mise, sa toilette ne lui causait aucun plaisir.

— Claudine, il est temps de partir, ma bonne ! fit l'oncle Zéph. Allons, les deux canards, embrassez Sylvie, Georgette et Pierrot, et hop, hop, mes enfants, en route !

Les adieux de Charlot furent vraiment touchants ; il embrassait Sylvie, Georgette, Pierrot, puis recommençait la tournée par Georgette, Sylvie, Pierrot, sans pouvoir les quitter.

Il fallut que la mère intervînt pour les séparer.

— Allons, viens, mon mignon, dit-elle.

L'enfant lui obéit ; mais, une fois dans la voiture, il se mit à la portière, et pour le contenter, il fallut que la bonne Sylvie lui fît embrasser encore son Pierrot et sa Georgette en les élevant jusqu'à lui.

Mère-Grand aussi avait le cœur gros. Longtemps, elle resta sur la porte, les deux enfants pressés contre elle, en suivant des yeux la voiture qui emmenait pour bien longtemps peut-être les trois poussins sortis du nid.

M Tournois et Suzanne firent si bien pour égayer la route que le voyage finit par sembler aux enfants une partie de plaisir.

Claudine, elle, n'oubliait pas. Elle tenait étroitement serrée la Pouponne contre sa poitrine, comme si la mignonne aussi dût la quitter. Mais elle était bien trop sensée pour ne pas comprendre qu'on ne peut exiger du courage de ses enfants qu'en leur en donnant l'exemple. Aussi, quoique ses larmes fussent parfois bien près de couler, fit-elle tous ses efforts pour paraître calme. Tout allait donc pour le mieux quand on arriva à l'auberge de Grandpré, où l'on devait déjeuner. Là pourtant, la gaîté des deux jumeaux tomba subitement, et dans leurs petits yeux noirs parut tout à coup ce liquide incolore que les poètes appellent des larmes.

Cette fois encore, l'oncle Zéph sauva la situation en annonçant pour le dessert une distribution de cadeaux.

Et pour prouver son dire, il vida sa vaste poche, d'où sortirent successivement une toupie, une trompette, un beau foulard rouge, un couteau et une paire de ciseaux.

— Mais je vous préviens, mesdames et messieurs, dit-il en se mettant à table que ceux qui seront tristes n'auront rien du tout.

Cette déclaration produisit un effet magique, et les yeux humides redevinrent brillants.

Le repas terminé, la distribution fut faite à la satisfaction générale : Martine eut le foulard et les ciseaux, Martin la toupie et la trompette, et Lolo les billes et le couteau.

— Maintenant, allons voir maître Diégard, mon cher Martin, dit l'oncle Zéph, car tu vas te montrer un bon garçon, bien courageux, n est-ce pas?

— Oui, m'sieu Zéphyrin, répondit Martin d'une voix tremblante ; mais il suivit pourtant M. Tournois d'un pas assez ferme.

Maître Romain Diégard était dans sa cour en train de ferrer un jeune cheval. C'est une opération tellement intéressante que Martin fut captivé tout de suite, et grâce au stratagème de l'oncle Zéph, qui parut y goûter lui-même un extrême plaisir, l'enfant laissa tran-

Garde-le, filleule, dit la fermière ..

quillement sa mère prendre toutes ses dispositions avec Mme Diégard et ranger ses effets dans le coffre de sa petite mansarde. L'entretien de ces dames, terminé à leur satisfaction mutuelle, Claudine vint le cœur gros embrasser son fils. Mais on allait commencer à ferrer le troisième sabot du cheval, et Martin était si désireux de ne pas perdre la vue d'un seul des clous qu'on allait enfoncer, qu'il abrégea, lui-même, de beaucoup les adieux.

— S'il n'y a que le premier pas qui coûte, dit philosophiquement l'oncle Zéph, Martin n'aura pas de grandes peines en ce monde. Au tour de Martine maintenant !

Quand on arriva à la ferme des Courgettes, on trouva Annette Rocher près de l'étable avec un joli veau dont elle caressait la tête.

Jamais Martine n'avait vu de plus charmante bête ; le veau était tout blanc avec de grandes taches noires.

Garde-le, filleule, dit la fermière après les bonjours d'usage, pour que j'appelle le maître et que je serve à boire à la compagnie.

Martine s'empressa d'obéir, et, à sa grande joie, le veau accepta de sa main quelques menues tiges de luzerne.

La compagnie s'étant rafraîchie, on pensa au départ.

Martine qui, en sa qualité de femme, était tout de même plus sensible que Martin, se fût volontiers, à ce moment-là, accrochée aux jupes de sa mère, si l'oncle Zéph ne lui eût dit en montrant le petit veau qui avait appuyé sa tête sur ses genoux et s'était endormi :

— Pourquoi le déranger, fillette ? Vois donc comme

il est joli ainsi. Nous allons te dire adieu bien doucement, et quand il sera réveillé, tu le ramèneras à sa mère.

Claudine, Suzanne, Charlot, M. Tournois embrassèrent donc Martine, et s'éloignèrent promptement, accompagnés d'Annette et de Landri Rocher.

— Ouf! dit l'oncle Zéph, quand ils furent remontés en voiture, et en route pour la ville! Quelle rude tâche que celle d'égrener ainsi ses enfants! et il ajouta tout bas, pour que Charlot n'en pût rien entendre : « Allez, ma pauvre Claudine, je comprends bien votre peine, car, pour moi, j'ai le cœur tout remué ».

La boutique de M. Boniface Pontifieux était une des gloires de Villeneuve-le-Grand et la merveille de la Place-Neuve.

La devanture, tout en glaces, avait, de chaque côté, des panneaux vert tendre, ornés de médaillons à guirlandes dorées ; là un artiste du terroir, dont l'imagination était aussi vive que la palette, avait représenté des amours joufflus, offrant à Vénus, sur des plats de vermeil, des nougats, des éclairs, des babas, des tartes, des brioches, des mousses et des oranges glacées.

Pour un gourmand l'aspect était féerique ; aussi, du premier coup d'œil, Charlot fut-il pour jamais conquis à l'art délicat de la pâtisserie.

Madame Pontifieux, une belle femme, un peu trop grasse peut-être, et dont les joues rivalisaient d'éclat avec les bombes panachées (vanille et framboise) qui figuraient sur le rayon supérieur de ses étagères, reçut parfaitement Claudine et se montra pleine d'égards pour M. Tournois et Mlle Suzanne, dont elle avait souvent entendu parler par sa cousine, la femme du régisseur.

Sa belle robe de soie, sa chaîne d'or, ses bagues et son bonnet à fleurs inspirèrent à Charlot un respect infini, et dès ce jour, sa patronne surpassa pour lui en puissance toutes les souveraines qui aient jamais régné sur un point quelconque de la boule terrestre.

Cette respectueuse impression, qui n'échappa pas à l'œil pénétrant de Mme Pontifieux, eut une grande influence sur la fortune de notre héros.

Mais n'anticipons pas.

Presque aussitôt, maître Boniface Pontifieux, en toque et en veste blanche, parut à la porte de son laboratoire (lisez : cuisine).

— Ah ! voilà donc l'enfant, Claudine ! dit-il d'un ton impérieux. Il a l'air doux et bien élevé et me conviendra, je pense. Flora, reprit-il, en s'adressant à sa femme, montre à Claudine la chambre de l'apprenti et fais-lui donner son costume.

Mme Pontifieux sortit suivie de Claudine et de Charlot, laissant l'oncle Zéph et Suzanne jouir tout à loisir des délices que l'intéressante conversation de maître Boniface pouvait leur procurer. Mais celui-ci, plus intelligent que son air arrogant ne le faisait prévoir, comprit qu'auprès d'un homme tel que M. Tournois ses œuvres auraient, vraisemblablement, plus de mérite que ses phrases. Il s'empressa donc de mettre à portée des visiteurs une table légère sur laquelle il disposa plusieurs assiettes de gâteaux, un carafon de madère et des verres, en les priant de vouloir bien y faire honneur.

L'oncle Zéph, que l'air du pâtissier avait choqué d'abord, fut touché de ses prévenances et, après avoir accepté un verre de Madère et quelques langues de chat, il se fit empaqueter plusieurs livres de friandises diverses pour répondre à son tour à la politesse du Carême de Villeneuve-le-Grand.

Cinq minutes après, Charlot, transformé, revenait dans la boutique. Il avait le pantalon bleu rayé, la veste blanche le tablier relevé par un coin dans la ceinture, et le couteau pendu au côté. Avec ses joues rebondies, ses cheveux frisés et ses bons gros yeux bleus étonnés, il aurait pu avantageusement remplacer l'un des amours qu'il avait si fort admirés sur les panneaux.

Du reste, il avait sans doute une vague idée de son importance nouvelle, car il laissa partir sa mère sans l'explosion de larmes tant redoutée par l'oncle Zéph.

— Enfin, la corvée est faite! dit M. Tournois en poussant un soupir de soulagement quand ils furent sortis de la boutique. N'êtes-vous pas contente que cela se soit si bien passé, Claudine?

— Oh! oui, Monsieur, bien contente, répondit la pauvre femme qui, cette fois, n'ayant plus à donner la fermeté en exemple, laissa librement couler ses larmes.

— Allons, ma bonne, serez-vous donc moins raisonnable que ces enfants? Songez qu'il vous reste encore quatre de vos poussins à la maison. N'est-ce donc point assez?

— Ah! mon bon monsieur, les autres n'étaient pas de trop! repartit Claudine avec une touchante vivacité.

— Voilà bien un mot de mère! dit l'oncle Zéph ému,

en s'adressant à Suzanne; puis il reprit en serrant la main de Claudine : — Oui, vous avez raison, ma bonne, pour une mère digne de ce nom, il n'y a jamais d'enfants de trop.

En causant ainsi, ils se dirigèrent du côté du Mail, où se tenait le marché aux bestiaux.

La foire de Villeneuve-le Grand était renommée au loin, et les paysans de vingt lieues à la ronde venaient, deux fois l'an, y amener leurs élèves. Du reste, l'emplacement était merveilleusement choisi. Le Mail, une magnifique avenue de plus d'un kilomètre, était ombragé par six rangées de marronniers centenaires, et sauf l'allée principale qui était sablée, le reste ne présentait qu'un immense tapis de verdure.

Chaque marchand avait sa place désignée, et des cordes fixées au tronc des arbres formaient des sortes de box provisoires dans lesquels les bêtes étaient parquées. A droite, c'étaient les bœufs, les vaches, les moutons, les chèvres et les chevreaux.

A gauche, les chevaux, les ânes et les mulets.

Quand l'oncle Zéph, Suzanne et Claudine arrivèrent, la foire était dans sa période la plus animée et l'avenue tellement encombrée, qu'il était fort difficile d'avancer.

L'oncle Zéph, vif comme à son habitude, eut bientôt pris son parti, et après avoir recommandé à Suzanne et à Claudine de le suivre pas à pas, il se mit énergiquement en mesure de pratiquer une trouée, au moyen de quelques coups de coude, bel et bien appliqués.

Et cinq pas plus loin, il recommençait le même manège, au grand amusement de Suzanne, qui riait de tout son cœur, en voyant avec quelle habileté il manœuvrait. Ils arrivèrent ainsi au centre du marché.

— Savez-vous ce que nous allons faire, Claudine ? dit monsieur Tournois.

— Non, Monsieur, lui répondit-elle.

— Eh bien, nous allons tout d'abord parcourir le marché pour examiner tous les ânes qui s'y trouvent, puis nous reviendrons sur nos pas pour faire définitivement notre choix. Est-ce convenu ?

— Certainement, Monsieur Zéphyrin, dit Claudine, qui se mit en devoir de le suivre. Mais, à ce moment, elle se sentit tirer doucement par sa robe, et Suzanne lui dit tout bas : « Laissez mon oncle aller un peu en avant, Claudine, j'ai à vous parler. »

— A vos ordres, Mamzelle Suzanne, répondit poliment la veuve.

— Est-ce que vous vous connaissez en ânes, vous, Claudine? demanda la jeune fille.

— Oh ! bien sûr que oui, Mamzelle! mon père en avait plusieurs, et c'est moi qui les soignais.

— Alors, ma bonne, il faut que ce soit vous qui choisissiez la bête qui vous convient. En avez-vous vu déjà à votre gré ?

— Y en a de bien beaux, mais peut-être qu'ils sont chers.

— Cela ne doit pas vous préoccuper, reprit la jeune fille, mon oncle veut vous donner un âne capable de vous rendre de longs services, et il est bien décidé à ne pas regarder au prix. Mais j'ai peur, quoiqu'il ne veuille pas en convenir, qu'il ne s'y connaisse guère, Claudine?

— Dame, Mamzelle... reprit la brave femme en hésitant, M'sieur Zéphyrin est bien savant, mais...

— La science des ânes n'est pas son affaire, continua Suzanne en riant, de ceux à quatre pattes du moins, car pour les autres!... Eh bien, je m'en doutais, Claudine, et c'est pourquoi il faut choisir vous-même, car mon oncle serait désolé plus tard, si le phénix des ânes, choisi par lui, se trouvait être une bête de rebut.

— Mais je n'oserai jamais, Mamzelle!

— Eh bien, voilà ce que nous allons faire : je passe devant, nous rejoignons mon oncle, et quand vous aurez trouvé l'âne de vos rêves, vous me faites signe, et je me charge du reste. Allons, vite!...

Les choses se passèrent ainsi; quelques minutes plus tard, Claudine montrait à Suzanne un âne gris de belle taille, qui, la tête nonchalamment appuyée sur la corde qui servait de barrière, mâchait une longue tige de paille en regardant passer la foule d'un air flegmatique.

— Oh! le bel âne! oncle Zéph, s'écria Suzanne.

— Où donc, fillette? dit monsieur Tournois.

— Mais là, mon oncle, là, à votre gauche. Voyez quelle jolie robe grise et quelle épaisse crinière! On dirait un poney.

— Oui, tu as raison, mignonne, celui-là n'est pas mal, dit l'oncle Zéph en s'avançant pour regarder l'animal de plus près.

L'ânon releva la tête et fixa sur l'oncle Zéph une paire d'yeux noirs remplis de malice.

— Et comme il a l'air intelligent! reprit Suzanne en flattant doucement le col de l'animal.

— Attends un peu, Suza, dit l'oncle Zéph en tirant

son carnet. J'ai mis là en note certains signes auxquels on reconnaît une bête bien conformée et propre à la fatigue. Voyons les dents? Bon. Le garrot? Oui, c'est cela. La croupe est solide, la jambe fine et robuste à la fois. C'est en effet, je crois, le mieux de tous ceux que nous avons encore vus. Qu'en dites-vous, Claudine?

— Il est bien beau, Monsieur, répondit la brave femme, toute joyeuse de voir que la ruse de Suzanne réussissait si bien.

— S'il vous plaît, ma chère, ne cherchons pas ailleurs, dit monsieur Tournois, heureux de voir près de se terminer une affaire fort embarrassante pour lui.

— Combien voulez-vous de votre âne, mon ami? demanda-t-il à un vieux paysan, qui, assis à la porte du cabaret voisin sur une chaise de paille, continuait tranquillement le déjeuner qu'il avait commencé, pendant que monsieur Tournois, Suzanne et Claudine examinaient sa bête.

Il n'avait pas perdu un seul mot de leur entretien, mais il était bien trop rusé pour le laisser voir, et ce fut d'une voix traînante qu'il répondit :

— Mon âne, mon bon monsieur, j'en ai plusieurs, dà ! Lequel que vous voulez?

— Lé gris.

— Ah! le gris! Vous ne voulez pas du noir? C'est pourtant un bourriquet bien plus solide que l'autre...

— Non, dit Suzanne vivement, c'est le gris que nous voulons.

— C'est le gris! Eh bien, pour lors, c'est soixante-dix francs tout juste.

— Soixante-dix francs! s'écria l'oncle Zéph indigné.

Il n'avait pas perdu un seul mot de leur entretien...

Ah! çà, est-ce que vous me prenez pour un monsieur de la ville?

— Est-ce que vous n'en êtes pas? dit le bonhomme avec malice. Eh bien, j'avais cru, moi... Mais y a pas d'offense!

— Je vous donne cinquante francs de votre bête, mon brave, reprit monsieur Tournois.

— Finaud pour cinquante francs! Un bourriquet qui dans un an sera aussi fort qu'un mulet, et qui grandira encore, car il n'a pas quatre ans... Ah! que nenni!... Mon dernier prix, c'est soixante-cinq francs. Et encore, c'est parce que je crois qu'avec vous, Monsieur, il sera bien traité. Car je l'aime cette bête-là, et lui aussi. Pas vrai, fiston? dit le bonhomme en caressant son âne.

— Soixante-cinq francs, non. Mais cinquante-cinq, dit l'oncle Zéph.

— Cinquante-cinq, soit! Mais sans la bride ni le harnais, reprit le paysan.

— Ah! oui, sans bride ni harnais, mon oncle, s'écria Suzanne. Vous savez bien que je tiens à ce que l'âne de Claudine soit habillé de neuf.

— Alors tope, dit l'oncle Zéph. Mais vous me garantissez que la bête est saine, et assez docile pour qu'on puisse l'atteler?

— Oh! pour saine, monsieur, il n'y a qu'à la voir! Mais quant à être attelée, tenez, voilà Jérôme, le valet d'écurie de l'hôtel du *Lion-Couronné*. Demandez-lui si je ne suis pas venu plus de vingt fois en ville, avec Finaud et la charrette.

Le vieux Jérôme, appelé par monsieur Tournois qui le connaissait de longue date, ayant confirmé le dire du père Raboutard (c'était le nom du paysan), le marché fut conclu.

Le lendemain, maître Finaud faisait une entrée triomphale à Saint-Michel-des-Prés.

Jamais on n'avait vu âne mieux harnaché. Il avait plus de pompons qu'une mule espagnole, et ses grelots résonnaient à chaque pas, avec un bruit argentin le plus charmant du monde.

Sûr de sa force, de sa beauté et modeste dans le succès, Finaud, en cette occasion, ne montra pas la vanité d'un animal vulgaire. Il fut simple, doux, aimable pour tout le monde, et reçut avec une égale bonhomie les caresses de tous les gens du village accourus pour le voir.

Cette conduite pleine de tact fit l'admiration de l'oncle Zéph.

— Hein, mignonne! disait-il à Suzanne en riant doucement. Quelle leçon pour les imbéciles qui calomnient les pareils de Finaud! En est-il beaucoup, parmi eux, capables de recevoir une pareille ovation sans se départir de ce calme, qui est l'indice certain des natures supérieures?

CHAPITRE V.

LES DEUX CANARDS.

Trois mois après, par une belle journée de juin, Claudine, ses commissions faites, revenait tranquillement à Saint-Michel-des-Prés, dans sa charrette traînée par maître Finaud.

La journée avait été fructueuse : les fromages, les légumes, les fleurs s'étaient vendus à merveille, et dans la poche de Claudine, résonnaient joyeusement plusieurs pièces de cent sous.

L'oncle Zéph avait eu raison. Claudine s'était promptement fait aimer à la ville, et grâce à sa probité et à ses manières polies, on l'accueillait bien partout ; mais elle était surtout fêtée quand elle était accompagnée de Georgette et de Pouponne, qui devenaient de jour en jour si mignonnes et si jolies, que tout le monde en raffolait.

Claudine aurait donc été tout à fait heureuse (n'était le chagrin qu'elle devait toujours éprouver de la mort de son pauvre François), sans les inquiétudes que lui donnait la conduite des deux jumeaux

Chaque fois qu'elle venait à Grandpré, c'était maître Diégard, maître Landri ou Annette qui venaient se plaindre de Martin et de Martine, toujours en faute, toujours repentants, et commettant sans cesse quelques nouvelles folies.

Ces pauvres canards (car le surnom que leur avait donné l'oncle Zéph leur était resté) n'étaient pourtant pas de mauvais enfants, mais quelles têtes, hélas !

A peine arrivés à Grandpré, ils étaient devenus les boute-en-train de tous les enfants du village.

Quand une bataille rangée avait lieu quelque part, Martine était à la tête d'un camp, et Martin à la tête de l'autre, et si les sabots brisés, les blouses, les jupes et les culottes déchirées avaient pu raconter leur lamentable histoire, pas de doute que les noms de Martine et de Martin ne fussent immédiatement sortis de toutes les déchirures. Les chats et les chiens les fuyaient à l'envi, et les mères de famille les redoutaient d'autant plus, qu'ils étaient aveuglément obéis (beaucoup mieux qu'elles assurément) par tous les bambins et les bambines qui composaient la jeunesse de l'endroit. Quand leurs étourderies avaient été par trop fortes, et qu'elles avaient réellement causé un véritable dommage à quelqu'un, la pauvre Claudine payait sans rien dire, pour apaiser les réclamations de la victime ; mais elle se rendait bien compte que, si les choses continuaient ainsi, ce serait au détriment de ses autres enfants, qu'elle se verrait forcée de priver, à cause des deux jumeaux.

Ce jour-là justement, elle avait été obligée de donner cinq francs à un vieux paysan, à cause d'une palissade que Martin et Martine avaient brisée !

Un soir, ils s'étaient imaginé d'aller avec plusieurs camarades dans une ruelle écartée du village, pour faire cuire des pommes de terre sous la cendre. Martine ne trouvant pas de brindilles de bois à sa convenance, en prit tout simplement dans la palissade du père Sylvain. « Le bonhomme était presque aveugle, il ne verrait rien. » Et cric, et crac ! en une seconde, deux pieux furent arrachés par elle ; Martin, qui ne voulait jamais se laisser dépasser par sa jumelle, en arracha quatre pour montrer sa force. Les camarades les imitèrent de leur mieux, et la haie du père Sylvain s'affaissa tout à coup comme une belle dame qui se pâme.

Le bonhomme avait encore d'assez bons yeux pour surveiller son bien. A la vue du dégât, il fit un tapage d'enfer, s'informa auprès des voisins, et finalement apprit que Martine et Martin étaient les auteurs du dommage.

Le reste se devine aisément : la pauvre Claudine, menacée par le père Sylvain de M. le garde champêtre, dut payer cent sous une demi-douzaine de pieux à moitié pourris qui en valaient bien vingt-cinq.

Cette fois, Claudine se montra sévère, elle défendit d'abord à ses enfants de venir la voir comme de coutume, quand elle repasserait à Grandpré, et, de plus, elle leur annonça qu'elle allait consulter l'oncle Zéph sur la punition qui leur serait infligée. Les deux jumeaux avaient écouté leur mère en silence, se contentant d'échanger entre eux des regards sournois.

Sa décision leur causait évidemment un sensible déplaisir.

Claudine prit leur air penaud pour du repentir. Hélas ! comme on se trompe parfois ! Quelle eût été sa surprise, si elle avait pu entendre le dialogue suivant :

— Dis donc, Tine, demanda Martin, comme ils s'en retournaient chez leurs maîtres, est-ce que tu t'en viendras voir maman ce soir ?

— Impossible ! répondit Martine, qui paraissait songeuse. Tu as bien entendu, elle ne veut pas !

— Oh! oui ! mais elle ne serait pas fâchée tout de même.

— La mère, je ne dis pas, mais la Cyprienne était là, et si nous venions, malgré sa défense, elle nous chasserait à coups de balai.

— Mais, Tine, c'est le jour du sac à Charlot !...

— Eh ! je le sais bien ! dit Martine en croquant de

rage une carotte qu'elle venait d'arracher à travers une haie. C'est bien ennuyeux tout de même !... »

Mais, avant d'aller plus loin, disons ce que les deux canards entendaient par le sac à Charlot.

Charlot était si bon garçon, si attentif et si désireux d'apprendre, que ses maîtres l'avaient bientôt pris en affection. Ils connaissaient son amitié pour ses frères et ses sœurs dont il parlait sans cesse, et pour lui faire plaisir, madame Pontifieux lui permettait, chaque semaine, d'emplir un grand sac avec des débris de gâteaux et de le donner à Claudine pour qu'elle en fît la distribution aux poussins. Le samedi donc, quand Claudine retournait à Grandpré, elle ouvrait le sac à Charlot pour donner leur part aux deux canards, très friands de leur naturel.

Mais cette fois, comme elle leur avait défendu de venir la voir à l'auberge, il était bien certain qu'ils n'auraient rien du tout.

De là leur désespoir.

— Qu'est-ce que tu vas faire tantôt, toi ? dit tout à coup Martine.

— J'ai le hangar à nettoyer pendant que maître Diégard ira à la ville.

— Le maître sera absent ?

— Oui, répondit Martin.

— Alors c'est bon ! Fais vite ton ouvrage, et à quatre heures, viens me rejoindre sur la route, près de la vigne à maître Landri, nous attendrons la mère au passage.

— Mais si elle ne veut pas s'arrêter ? dit Martin.

— Oh ! je la forcerai bien, moi ! s'écria Martine avec malice.

— Toi !

— Oui, moi, si tu veux m'aider ?...

— T'as donc encore une idée, Martine ? reprit le jeune garçon en regardant sa sœur avec une naïve admiration

— Pardine, et une fameuse encore ! Mais voilà la maîtresse qui m'appelle. Tu viendras, dis, Martin ?

— Pour sûr ! répondit Martin intrigué... Et suivant des yeux sa sœur qui rentrait à la ferme : « Cette Martine, tout de même, se disait-il avec une secrète envie, est-elle assez futée, assez finaude ! L'est-elle ? Qu'est-ce qu'elle a bien pu imaginer encore ? Pourvu que la mère nous donne notre part dans le sac à Charlot. »

Sa tournée finie, Claudine revenait lentement, laissant la charrette aller au gré de Finaud.

Les deux canards ne s'étaient pas montrés dans la cour de l'auberge.

— Ils ont été obéissants cette fois ! se disait la mère, en soupirant sans s'en apercevoir. Ah ! pourquoi tous mes poussins ne sont-ils pas sages et gentils comme ma Sylvie, mon gros Charlot, mon Pierrot et mes deux mignonnes ! continuait-elle en regardant ses deux petites filles qui s'étaient endormies gracieusement côte à côte, sur un lit de foin au fond de la charrette. Ils ne me donnent que de la satisfaction, ceux-là. Mais Martin ! Mais Martine ! Comment les rendre raisonnables ? Encore si je pouvais espérer que la leçon d'aujourd'hui leur profitera, et qu'ils ne feront plus de nouvelles sottises. Mais... Va donc, Finaud ! reprit-elle en s'adressant à son âne qui s'était arrêté court. Hue ! Hue donc ! continua-t-elle en le frappant légèrement avec sa houssine.

— Hi han ! répondit Finaud sans bouger d'une ligne.

— Eh bien, qu'est-ce que tu as à cette heure, Finaud? Tu n'es pas habitué à avoir des caprices pourtant ! disait la pauvre Claudine, toute surprise. Allons, hue, hue !

— Hi han ! Hi han ! Hi han, reprit Finaud de sa voix la plus éclatante, en âne bien résolu à avoir le dernier mot.

Georgette et Pouponne s'étaient réveillées, puisque la charrette ne marchait plus, et leurs petites têtes blondes sortaient à demi de leur lit rustique, montrant de grands yeux étonnés.

— Restez tranquilles, mes fillettes, dit Claudine, il faut que je descende pour voir ce qui empêche Finaud de marcher.

Elle mit aussitôt pied à terre, et examina avec attention le harnachement de Finaud, les roues et le dessous de la charrette. Tout était bien en ordre. Claudine remonta donc dans la voiture, bien décidée de venir à bout de son baudet, à coups de trique même, s'il le fallait.

Comme s'il eût pressenti la chose, Finaud se remit en marche de bonne grâce, mais au bout d'une dizaine de pas, il s'arrêta de nouveau.

— C'est trop fort ! s'écria Claudine, et se penchant en avant elle vit une corde tendue dans toute la largeur de la route et qui partait des deux fossés en contre-bas.

Sauter de la voiture, se saisir de la corde, fut pour Claudine l'affaire d'un instant, et elle le fit avec une telle vigueur, que deux masses noires bondirent brusquement hors du fossé, et que Martin et Martine, tenant encore la corde, vinrent rouler jusqu'aux pieds de leur mère.

C'étaient les deux canards qui avaient, de concert, barré la route à Finaud.

— Martin! s'écria Claudine stupéfaite en regardant à droite. Et Martine aussi! reprit-elle, en voyant à gauche la tête ébouriffée de sa fille. Ah! mon Dieu! qu'est-ce encore?... Pourquoi êtes-vous venus, enfants? quand je vous avais défendu...

— De venir à l'auberge, oui, maman, dit Martine de son air futé.

— A l'auberge, c'est sûr, reprit Martin, en regardant sa sœur, comme pour saisir le mot d'ordre. Mais...

— Nous voulions te demander pardon, maman, interrompit vivement Martine, en craignant que son frère ne parlât du vrai motif de leur tentative. Alors, comme ça, continua-t-elle, l'idée nous est venue d'attendre sur la route et d'arrêter Finaud. Voilà!

— Oui, voilà c'est justement comme cela, appuya Martin.

— Mais Finaud s'était arrêté déjà une fois, dit la mère. C'était vous aussi?

— Pardine, répondit Martine toute glorieuse, nous avons marché à quatre pattes dans le fossé

— Oui, ça se voit! reprit la pauvre Claudine, en apercevant les jupes de sa fille toutes verdies par le bas. Mais vos maîtres, enfants, dit-elle, en continuant son interrogatoire, malgré le désir qu'elle avait d'embrasser ces petites frimousses brunes, dont la vue lui faisait tant de plaisir. Est-ce avec leur permission que vous êtes venus?

— Bien sûr que la maîtresse m'a dit d'aller, répondit diplomatiquement Martine qui, pour dire la vérité tout entière, aurait dû ajouter: « conduire les oies et les canards dans les champs ». Mais cela, elle le garda pour elle.

— Et toi, Martin?...

— Le maître n'était pas là, maman, repondit le garçon.

— Alors il faut t'en retourner, et tout de suite, mon fils... Vous êtes venus pour me promettre d'être plus raisonnables à l'avenir, c'est bien, je suis contente de cette preuve de votre repentir. Mais il faut, avant tout, obéir à vos maîtres et leur montrer vos bonnes résolutions. Venez m'embrasser et retournez vite à Grand pré.

A ce dénouement inattendu, Martin jeta un regard désespéré à Martine. La fillette n'en avait pas besoin pour le comprendre, et, plus hardie que son frère, elle résolut d'arriver à son but par des moyens détournés.

— Est-ce que vous n'avez pas vu Charlot à la ville, maman ? dit-elle de sa voix la plus innocente. Va-t-il bien ?

— Mais oui, dit la mère étonnée de cette sollicitude qui ne s'accordait guère avec l'indifférence habituelle de Martine.

— Est-ce que M. et Mme Pontifieux ne sont pas contents de lui? reprit la petite rouée.

— Si. Il est toujours sage, lui! Mais pourquoi me demandes-tu cela ? dit Claudine en commençant à soupçonner l'idée de l'enfant.

— Dame! fit Martine en rougissant, malgré son aplomb, sous le regard sévère de sa mère.

— Tu veux savoir si j'ai le sac de Charlot comme de coutume? dit Claudine à la fillette déconcertée. C'est peut-être bien pour ça que vous êtes venus?

Les deux jumeaux, en proie à la plus grande confusion, baissèrent la tête sans mot dire.

— Eh bien, mes enfants, reprit la mère, si la gourmandise seule vous a amenés à moi, et que le repentir de vos fautes n'y soit pour rien, j'en suis fâché pour vous, mais il est juste que vous soyez punis, et d'autant plus sévèrement que vous avez voulu me tromper tous les deux. Oui, j'ai le sac de Charlot, mais comme, en me le donnant, Mme Pontifieux m'a dit que c'était pour des enfants sages, et que vous venez de vous montrer désobéissants, hypocrites et menteurs... il n'y a rien pour vous. Allez !... »

Et elle leur montra la route du doigt.

Les deux enfants, tout penauds, reprirent le chemin du village.

La mère les suivit tristement des yeux pendant quelques minutes avant de remonter dans la charrette.

—Est-ce qu'ils vont devenir tout à fait mauvais maintenant? se disait-elle avec inquiétude. Ah ! M'sieu Zéphyrin avait bien raison, fallait pas les placer dans le même pays. C'est Martine qui gâte son frère, car pour lui il n'aurait pas des ces idées-là. Va falloir les séparer, c'est sûr ; mais que faire de Martine?

CHAPITRE VI.

LES CONSÉQUENCES D'UNE ESCAPADE.

Quand les jumeaux furent assez éloignés de leur mère pour qu'elle ne pût pas les entendre, ils commencèrent à se disputer.

— Une belle idée que tu as eue là, Tine! dit Martin en se moquant, voilà la mère encore plus en colère qu'avant.

— Eh! il fallait en avoir une autre, toi, grand benêt! répondit Martine furieuse.

— Sans compter que si la maîtresse Annette va faire un tour dans les champs et qu'elle trouve les canards enfermés dans la mare, que tu ne recevras pas de taloches, oui! dit Martin toujours goguenard.

— Eh bien, toi? crois-tu que maître Diégard te les épargnera, les calottes, s'il ne te trouve pas à la maison quand il rentrera? répondit Martine.

— Aussi j'y retourne tout droit, fit le garçon, et s'il me gronde, je dirai que tu en es la cause.

— Moi! moi! s'écria Martine furieuse.

— Oui bien, toi!... Toujours toi!

— Si tu m'accuses, faut bien au moins que ce soit pour quelque chose, reprit Martine avec une rage concentrée. Tiens, tu vois ta toupie? reprit-elle en s'emparant prestement du jouet que son frère avait laissé tomber en prenant son mouchoir. Eh bien ! va la chercher maintenant ! Et elle la lança de toute sa force pardessus le mur de monsieur Bernaud, l'adjoint de Grandpré. Là ! fit-elle triomphante, cette fois tu pourras dire que c'est moi. Bonsoir ! »

Et sur ce beau trait, la méchante fille partit en courant, laissant son frère consterné.

Le pauvre Martin, accablé de douleur, resta une minute immobile. La colère de maître Diégard, la correction probable qu'il allait recevoir, tout fut effacé par la perte cruelle de son jouet favori.

Il eut d'abord l'idée de sonner à la porte de monsieur Bernaud et de demander la permission d'entrer. Mais l'adjoint avait la réputation d'un homme dur, détestant les enfants, et capable de renvoyer à coups de canne ceux qui viendraient le déranger mal à propos.

Dans la ruelle voisine, il y avait un grenier à foin. Martin se rappela avoir vu une échelle accrochée derrière la porte.

Il y courut, l'échelle était à sa place, ô bonheur !

Il la prit, et quoique bien lourde pour lui, il l'apporta jusqu'au mur de l'adjoint, l'accosta solidement, grimpa les échelons avec la prestesse d'un chat, et... tomba sur le dos d'un vieux monsieur en train d'examiner ses espaliers.

L'enfant et l'homme roulèrent de compagnie.

L'homme, c'était monsieur Bernaud l'adjoint. Décrire sa fureur serait impossible ; la rage lui donna des forces. En une minute il fut debout, et saisit au collet le pauvre Martin encore tout étourdi de sa chute, mais au comble de la joie, car, en reprenant terre, il avait mi la main sur sa bien-aimée toupie.

— Ah voleur! Ah bandit! Ah sacripant! vociféra monsieur Bernaud. Tu viens me voler mes poires! (de poires au mois de juin!) Tiens! Tiens! Tiens! et cha que fois un coup de pied accompagnait son mot!

— Mais, Monsieur, balbutiait Martin à demi étrangl je venais pour ma toup...

— Ah! tu venais... je le sais parbleu bien, que t venais pour me voler! Mais je vais te mener aux ger darmes, moi, et tu apprendras ce qu'il en coûte pou escalader les murs.

Tout en disant cela, monsieur Bernaud entraîna l'infortuné Martin, en le tenant plus solidement qu jamais, par le collet de sa blouse.

C'est ainsi qu'ils traversèrent Grandpré; l'enfan rouge de honte et de confusion, pleurait à chaude larmes, en voyant tout le village assemblé pour le voi passer

Heureusement pour Martin, que le maire de Granc pré était un des clients habituels de Claudine, et qu' connaissait son fils.

Il envoya aussitôt chercher maître Diégard, et en s présence, interrogea l'enfant.

Martin, un peu remis de sa frayeur, n'eut pas d peine à prouver son innocence, grâce à sa toupie qu' tenait encore à la main.

M. le maire était un homme d'esprit, et de plus u père de famille, ce qui le rendait indulgent pour le étourderies de la jeunesse. Il sermonna vertemen Martin, lui fit comprendre quelles conséquences aurai pu avoir pour lui une semblable incartade, et le remit aux mains de maître Diégard, au grand mécontentement de Monsieur l'adjoint, qui avait bien espéré un autre dénouement à l'aventure.

Martin n'en fut pourtant pas quitte pour si peu. Maître Romain Diégard lui prouva son mécontentement d'une manière des plus frappantes, et mit le comble à son chagrin en lui annonçant que, dès le lendemain, il le reconduirait chez sa mère.

— Ah! maudite Martine! maudite Martine! disait en pleurant le pauvre garçon, c'est elle qui est cause de tout!

Les malédictions de Martin portèrent-elles malheur à Martine ? Nous serions tenté de le croire, car voici, de son côté, ce qui lui arriva.

On sait que la maîtresse Annette l'avait envoyée aux champs avec ses oies et ses canards.

Martine fut enchantée d'avoir pendant deux heures sa liberté complète, puisqu'elle voulait aller attendre sa mère sur la route ; mais ses oies la gênaient, et elle chercha le moyen de s'en débarrasser.

On va voir ce qu'elle imagina.

Au moment de partir avec ses bêtes, elle grimpa au grenier, prit, sans être vue de personne, les cordes qui servaient à faire sécher la lessive, et les mit dans son tablier enroulé autour d'elle, puis elle s'en alla tranquillement, son tricot à la main, sous les yeux de maîtresse Annette qui regardait défiler les bêtes et la fillette sans se douter de rien.

A peu de distance du village, et près d'un sentier qui conduisait à la ferme, il y avait une grande mare tapissée de verdure que les canards affectionnaient tout particulièrement parce qu'elle était entourée d'une herbe haute et drue, et qu'ils pouvaient y barboter à l'aise en faisant la chasse aux grenouilles.

Cette mare, entourée de trois côtés par des buissons de ronces et d'épines, semblait avoir été faite exprès pour eux.

Les enfants du village la connaissaient bien; c'est là qu'ils enfermaient leurs bêtes toutes ensemble, quand l'idée leur prenait de faire quelque partie de barres ou de saute-mouton.

Chacun à son tour était chargé de veiller à ce que les canards et les oies restassent dans leur trou, et si quelqu'un d'entre eux, trop curieux, montait sur le talus, toute la bande enfantine accourait aussitôt pour faire redescendre le téméraire à grands coups de baguette.

Cette fois, Martine était seule, et elle voulait aller loin, en laissant sans surveillance les bêtes confiées à sa garde. La chose était difficile, mais elle n'était pas fille à s'embarrasser de si peu.

Une fois ses bêtes installées dans la mare, elle se mit à tendre les cordes qu'elle avait apportées, en travers de l'ouverture, en les fixant solidement aux buissons qui en formaient l'enceinte.

Elle en mit un rang, deux rangs, quatre rangs, les arrêta de son mieux, et le fossé fortifié à son gré, jetant un dernier regard sur ses bêtes qui pataugeaient à l'envi : « — Puisqu'elles aiment tant à barboter, qu'elles barbotent, pardine », se dit-elle avec insouciance.

Et, ses sabots à la main, afin de courir plus vite, elle partit pour rejoindre Martin.

Ils pouvaient y barboter à l'aise en faisant la chasse aux grenouilles.

On connaît la suite de l'histoire. Martine avait bien compté revenir chercher ses bêtes au plus tôt ; mais la sévérité inattendue de sa mère l'avait tellement bouleversée, qu'au lieu de prendre le sentier qui conduisait à la ferme, elle avait suivi la grande route, comme le lui ordonnait Claudine, et qu'elle aurait parfaitement oublié ses canards et ses oies, si Martin ne l'en avait fait souvenir.

C'est alors qu'elle comprit sa faute, et que, furieuse des railleries de son frère, elle s'en vengea en lançant la toupie dans le jardin de M. Bernaud. Inutile de dire si Martine courut. Par malheur pour elle, il lui fallait faire presque tout le tour du village avant de pouvoir arriver au fossé. Quand elle y parvint, elle le trouva vide : plus d'oies! plus un seul canard! Les cordes toutes défaites gisaient à terre au milieu de fragments de linge, de mouchoirs, de bonnets, de fichus en lambeaux.

Martine était trop décidée pour pleurer comme tout autre l'eût fait à sa place. Elle pensa que son maître ou sa maîtresse étaient venus pour la surveiller et qu'ils avaient emmené ses bêtes.

— Avant de pleurer il fallait voir!

Elle reprit donc vivement le chemin de la ferme.

Quand elle arriva au bas de la montée qui conduisait aux Gourgettes, un spectacle étrange se présenta à ses yeux : sur le chemin, un troupeau d'oies (ses oies) voletaient précipitamment pour échapper à la houssine d'une paysanne qui les poursuivait en criant.

Mais, chose étrange! quelques-unes des bêtes étaient affublées de lambeaux d'étoffes qui les faisaient trébucher à chaque pas.

L'une d'elles, la grande blanche, qui était en tête,

avait au cou une triple collerette tuyautée qui avait tout à fait l'allure d'une cornette sans fond. Celle qui la suivait, une grise bien dodue, promenait gravement après elle un mouchoir à carreaux en guise de traîne ; les autres, plus modestes, n'avaient que des manchettes au-dessus de leurs ergots.

Martine reconnut la femme : c'était la mère Rosalie, la tante de Maître Diégard, une bonne vieille un peu sourde, et dont la vue n'était guère meilleure que l'ouïe, mais si douce d'ordinaire, qu'elle n'aurait pas donné une tape à un chien.

Pour qu'elle courût de la sorte, il fallait qu'elle fût terriblement en colère.

Que s'était-il donc passé ?...

La chose est des plus simples.

La mère Rosalie était allée laver à la rivière. En revenant chez elle, elle vit, près de la mare, des herbes qui convenaient merveilleusement à ses lapins. Elle allait déposer son linge sur le gazon, quand elle aperçut les cordes de Martine.

— Ma fine! voilà qui se trouve à propos, se dit-elle, mes nippes sécheront au soleil pendant que je vais faire ma provision...

Elle étala donc ses plus beaux bonnets, ses fichus les plus riches, ses mouchoirs et ses serre-tête, sans s'apercevoir que, plus bas, une quinzaine de bêtes curieuses la regardaient ; elle s'éloigna tranquillement.

L'ardeur de la récolte entraîna si loin la mère Rosalie, qu'elle ne put s'apercevoir de l'agitation extraordinaire qui se produisit dans la mare.

Pendant ce temps-là, les oies, surprises de ne plus voir

personne, voulurent se rendre compte de ce qui se passait au delà de leur prison. La plus hardie, la blanche, grimpa le talus se heurta aux cordes de Martine, voulut les franchir, manqua de s'étrangler, et finalement, voyant qu'il n'y avait pas le moindre coup de houssine à craindre, appela ses compagnes à la rescousse.

L'élan fut magnifique, la barricade enlevée du coup, et avec elle, les nippes de la mère Rosalie, au travers desquelles les oies et les canards passèrent victorieusement

Les volatiles, enchantées, se promenaient dans la prairie encore parées de leurs trophées de gloire, quand la bonne femme revint avec sa provision. A la vue du désastre, elle poussa de tels cris que les pauvres bêtes épouvantées s'enfuirent en prenant d'instinct le chemin des Courgettes, où elles arrivèrent effarées et trébuchantes, à la stupeur de tous les gens de la ferme.

Je renonce à raconter quelle fut la suite de l'affaire: les exclamations de la mère Rosalie, la confession de Martine et les reproches de la maîtresse et de Landri Rocher. Ce qui n'étonnera personne, par exemple, c'est que les maîtres de Martine lui signifièrent nettement qu'ils avaient assez de ses tours, et qu'ils étaient bien résolus à ne plus la garder chez eux.

Le lendemain, de bon matin, on sonnait à la porte de Claudine. Quel fut son étonnement en voyant ses deux enfants, l'air triste et accablés comme des criminels convaincus, qui revenaient escortés de leurs maîtres, et avec tous leurs paquets ! Quel chagrin pour la pauvre femme quand on lui raconta les méfaits des jumeaux!

Personne ne voulait plus les garder, et il fallait encore payer une vingtaine de francs à la mère Rosalie pour réparer le dommage que la victoire des oies lui avait causé.

Aussi que de larmes Claudine ne répandit-elle pas, en allant tout raconter à l'oncle Zéph !

— Qu'avez-vous fait de ces petits vauriens, ma bonne? lui demanda-t-il quand elle eut fini son récit.

— J'ai enfermé Martine dans une chambre, Monsieur, et Martin dans la grange, car ils sont si enragés l'un contre l'autre, qu'ils se seraient battus, si on les avait laissés ensemble.

— C'est bien. Je vais m'occuper d'eux. Donnez-leur tout ce qu'il faut, mais enfermez-les Un ou deux jours de solitude ne pourront que leur faire du bien Cela les calmera. Quant à vous, ma bonne Claudine, tranquillisez-vous : à nous deux, nous viendrons bien à bout de ces démons-là. Je m'en charge, vous dis-je. »

Deux jours après, Martin et Martine, un peu domptés par leur retraite paraissaient devant M. Tournois. Au premier coup d'œil, ils devinrent inquiets Ce n était plus l'oncle Zéph toujours souriant toujours gai qu'ils avaient devant eux, c'était un juge sévère qui les regardait froidement avec ses yeux noirs pleins de menaces

Claudine s'assit auprès de M. Tournois, mais les enfants restèrent debout.

— Je vous ai fait venir, leur dit l'oncle Zéph, pour vous apprendre ce que l'on a décidé de vous

Toi, Martin, te retourneras chez maître Romain Diégard, qui a consenti à te reprendre, mais à la condition

... Et Martin fut enfermé dans la grange...

que Martine quittât Grandpré, et à la première faute, il te renverra sans pitié.

Toi, Martine, tu iras à Villeneuve-le-Grand pour entrer comme apprentie dans la fabrique de boutons de M. Gérard. Une des meilleures ouvrières de la maison, Mme veuve Ursule Benoît, consent à te prendre en pension chez elle. Ta mère, pour te mettre à même d'avoir un bon état, lui donnera chaque mois une belle pièce de vingt francs pour payer le surplus de ta dépense, car tu seras plusieurs mois avant de gagner complètement ta vie. Mme Benoît est une femme très bonne, mais très ferme, par qui tu seras bien surveillée, je t'en préviens.

— Maintenant, écoutez-moi bien, tous deux. Depuis trois mois, grâce à vos sottises, votre mère a dépensé pour vous deux le double de ce qu'il a fallu pour tous ses autres enfants ; cela ne peut pas durer.

Si vous ne vous décidez pas à vous conduire convenablement, Martine entrera dans un couvent, où l'on sait fort bien venir à bout des enfants indociles ; et Martin sera envoyé à l'école des mousses, et embarqué peu après. Votre mère y consent dès aujourd'hui : donc vous n'avez plus rien à espérer de sa faiblesse pour vous.

Il y eut un moment de silence que l'oncle Zéph jugea bon pour imprimer une crainte salutaire dans l'esprit des jumeaux.

Puis il reprit sévèrement :

— Si j'avais eu affaire à d'autres qu'à vous, je me serais dispensé des menaces, et j'aurais tout simplement parlé de votre mère si cruellement frappée par la mort de son mari, et dont vos folies augmentent le chagrin.

Je vous aurais fait comprendre son dévouement et la reconnaissance que vous lui devez pour le mal qu'elle se donne chaque jour pour votre bien-être présent et pour votre avenir. Je vous aurais fait souvenir de vos frères et sœurs à qui vous devez le bon exemple, et de votre père! lui, si honnête et si courageux, et qui doit terriblement souffrir, en voyant ses aînés, les jumeaux qu'il aimait tant, prêts à devenir des paresseux et des ingrats. Mais pour me comprendre il aurait fallu du cœur ; et comme vous n'en avez pas, j'ai préféré vous annoncer tout de suite les punitions qui vous attendent si vous vous obstinez à mal faire. Allez !... »

Et il les congédia sans avoir l'air de s'apercevoir de leur émotion.

Elle était réelle pourtant, car Suzanne et Mère-Grand, qui les attendaient au passage, les virent sortir tout émus de la chambre de la mère, et, par leurs exhortations, leurs caresses, finirent par obtenir d'eux de sérieuses promesses pour l'avenir.

CHAPITRE VII.

LE GRAND OUVRAGE DE M. ZÉPHYRIN-VICTOR-CÉSAR TOURNOIS

L'oncle Zéph était dans son cabinet, nonchalamment étendu sur un grand fauteuil à bascule, près de la fenêtre entr'ouverte.

Le jardin tout ensoleillé, et le parfum des roses et

des jasmins qui grimpaient jusqu'au balcon, le pénétraient d'une douce langueur.

Un léger coup frappé à la porte interrompit sa béatitude.

— Entrez ! dit-il sans ouvrir complètement ses yeux à demi-clos.

La jolie tête de Sylvie se montra petit à petit dans l'embrasure de la porte ; d'abord on vit une grande cornette bien empesée, puis un petit nez rose, enfin deux grands yeux brillants.

L'oncle Zéph s'était réveillé tout à fait.

— Qu'est-ce, fillette ? dit-il.

— En v'là encore une, M'sieu, dit Mère-Grand en posant gravement sur la table une grande enveloppe jaune qui portait à l'un de ses coins un timbre sec imprimé en noir.

— Tu dis ?

Et l'oncle Zéph fronça légèrement les sourcils.

— J'ai dit comme ça, qu'en v'là encore z'une, Monsieur, répondit Sylvie en agrémentant sa phrase d'une liaison un peu risquée, car elle s'imagina que son langage avait pu choquer le sens critique de son maître, très exigeant sous ce rapport, du moins à son point de vue à elle.

— Hé bien ! Sylvie ! s'écria M. Tournois, en fixant sur la fillette ses yeux étincelants. Que signifie cela ? Et pourquoi ces insinuations ?...

— Je n'ai pas voulu faire d'institutions, bien sûr, M'sieu Zéphyrin, dit Sylvie toute rougissante. Je... je vous demande bien pardon, Monsieur, mais je suis tout à fait incapable d'en faire, ajouta-t-elle avec son air d'honnête franchise

L'oncle Zéph partit d'un grand éclat de rire, et s'apaisant tout à coup, suivant son habitude :

— Oui, ma bonne fille, tu as bien raison, dit-il en tapant doucement la joue fraîche de Mère-Grand. C'est moi qui me suis montré bête et méchant à plaisir. Et sais-tu pourquoi, Sylvie? Eh bien! mon enfant, c'est que je suis dans mon tort, et que, sans le vouloir, tu me l'as fait sentir.

— Oh! M'sieu, mais moi je n'ai rien dit que....

— *En v'là encore une!* continua l'oncle Zéph en imitant le ton de Mère-Grand.

— Oui, Monsieur.

— C'est justement cela, Sylvie! Pour toi, c'est tout simple; pour moi, c'est un reproche. Vois-tu l'effet d'une mauvaise conscience? Mais laissons cela. Où est Suzanne?

— Mamzelle est dans le jardin à cueillir des roses, M'sieu; faut même que j'aille l'aider.

L'oncle Zéph l'arrêta comme elle allait sortir.

— Tu l'aimes bien, Mamzelle Suzanne? demanda-t-il.

— Oh! fit Mère-Grand, en joignant les mains.

— Elle est toujours douce et patiente, elle? continua l'oncle Zéph; c'est qu'elle est toujours contente d'elle-même, et qu'alors elle peut être indulgente pour les autres.

— Oh! oui bien, qu'elle est bonne, Mamzelle Suzanne! s'écria Sylvie avec une vivacité qui ne lui était pas habituelle. Et qu'elle vous aime, Monsieur! Allez! y a pas à dire, non! y a pas de choses qu'elle ne ferait pas bien pour vous, M'sieu!... »

Mamzelle Suzanne est dans le jardin à cueillir des roses, M'sieu...

Et, toute confuse de sa hardiesse, Mère-Grand quitta vivement la chambre.

L'oncle Zéph l'avait écoutée demi sérieux demi souriant : « Pan! encore dans le mille cette fois ! » dit-il, comme elle fermait la porte. Et, en imitant la voix de Sylvie, il répéta : « Non, n'y a pas de choses, M'sieu, que Mamzelle ne ferait pour vous. »

Puis, reprenant sa voix naturelle, il ajouta, rêveur : « Parlez-moi des enfants pour vous donner des leçons sans le savoir. »

Après avoir fait quelques tours dans la chambre en réfléchissant, il retourna dans son fauteuil et ouvrit la lettre en disant :

— « Voyons ce qu'elle dit, celle-là! »

Il lut attentivement, la posa sur son bureau, la relut encore et se plongea plus que jamais dans ses réflexions.

— Peut-on entrer? demanda tout à coup la voix du docteur Vernier

— Oui certes, mon ami, répondit l'oncle Zéph en se levant pour aller à sa rencontre.

— Comment ça va-t-il? dit le jeune médecin.

— Pas très bien, je souffre un peu.

— D'où donc?

— De la conscience, répondit l'oncle Zéph avec un soupir si comique, que le docteur ne put s'empêcher de rire

— Cela n'est pas de mon ressort, dit-il ; mais comment un sage philosophe tel que vous est-il atteint d'une pareille affection? Il y a une cause...

— Tenez, lisez-moi ça, dit l'oncle Zéph en lui mettant la lettre dans la main, et lisez tout haut. Je ne saurais trop l'entendre.

Le docteur Marcel prit la lettre et lut ce qui suit :

« Paris, le 15 juin 1874.

« MON CHER MAÎTRE,

« Vous n'avez pas répondu à mes deux premières « lettres, mais je ne me tiens pas pour battu, et le n° 3, « la présente, vient vous renouveler nos instances. Je « veux absolument que vous m'accordiez ce que je vous « demande ; j'ai été vivement frappé, étant enfant, de « l'aimable originalité que vous donniez à vos leçons, « et je suis persuadé qu'un cours d'éducation et de « morale familière écrit dans ce genre-là aurait aujour- « d'hui le plus grand succès. D'autant plus que chez « vous le pittoresque de la forme égalait le sérieux du « fond, et que vous aviez un art tout particulier pour « faire comprendre les choses difficiles aux intelligences « les plus rebelles.

« Mon beau-père est aussi désireux que moi d'obte- « nir cette faveur de vous , il la considérerait comme « un honneur pour notre librairie. Je sais que la ques- « tion d'argent vous est indifférente ; mais il se pourrait, « pourtant, qu'une opération dont les bénéfices peuvent « être considérables, et que nous nous engageons à « vous faire partager avec nous, puisse vous permettre « de réaliser un de vos rêves.... »

— Là encore! interrompit l'oncle Zéph en affectant e dépit. Ils y viennent tous, tous!....

— Pourquoi vous y refuser? reprit le docteur en con-inuant la lettre. « Vous m'avez reproché d'être entêté, mon cher maître : eh bien ! j'ai, selon vos avis, transformé ce défaut en une qualité : la persévérance, et j'ai l'intention de vous le prouver bientôt.

« Croyez-moi toujours, mon cher maître, votre bien ffectionné.

« Pierre Raymond. »

— Mais c'est superbe cela! s'écria le docteur... Et uoi votre conscience en souffre-t-elle, mon ami?

— En ce que j'ai du mal à m'y décider.

— Pourquoi le faire alors, puisque vous n'en avez as besoin?...

— Moi sans doute, mais Suzanne?

— Mlle Suzanne, reprit le docteur Marcel, devenu érieux.

— Eh oui ! je veux la marier, et...

— Vous voulez la marier! Bientôt? demanda le jeune omme en affectant un calme qu'il était loin d'avoir.

— Bientôt, non; mais je veux pouvoir le faire hono-ablement, et dès que l'occasion s'en présentera. C'est non devoir; car je dois vous dire, mon ami, que Suzanne n'a d'autre appui que moi. Sa mère est restée veuve, presque sans fortune, avec six enfants. Ma belle-sœur n'a jamais aimé que ses quatre garçons ; ses deux filles ont toujours eu beaucoup à souffrir avec elle. Fort heu-reusement que l'aînée s'est mariée jeune avec un officier qui l'a emmenée en Afrique, et que j'ai pu me charger de Suzanne. Mais, si je venais à mourir, Suzanne serait forcée de retourner auprès de sa mère, et je ne le veux pas, car elle serait malheureuse : c'est pourquoi je désire la marier le plus tôt possible.

— Mais Mlle Suzanne se mariera fort bien sans dot, reprit le docteur.

— Ah! vous croyez ça, vous! dit l'oncle Zéph, en examinant avec flegme le visage souriant du jeune médecin.

Celui-ci répondit simplement :

— Oui, je le crois, mon ami.

— C'est possible, après tout, ajouta l'oncle Zéph, avec une pointe de malice... Mais moi, je tiens à ce que ma fille n entre pas dépourvue dans la maison de son mari. Et c'est pourquoi Pierre aura son livre, et ma Suzanne sa dot. J'y suis bien décidé maintenant...... Venez voir mes roses, docteur, reprit-il après quelques minutes de silence. J'en ai une carminée superbe, qui s'est ouverte ce matin, et nous trouverons, bien sûr, Suzanne près du rosier, car elle ne se lasse pas de l'admirer »

Le docteur Marcel Vernier n'habitait Saint-Michel-des-Prés que depuis quelques années. C'était un médecin de Villeneuve, qui, à la suite de la perte presque subite de sa jeune femme et de son enfant, était venu se réfugier à la campagne pour trouver dans la chasse les distractions dont il avait si grand besoin. On le disait riche, et, du reste, il n'exerçait la médecine que par charité Pendant plusieurs années, le docteur Marcel, comme on l'appelait, avait vécu seul et triste. Puis, quelque temps après l'arrivée de l'oncle Zéph dans le pays, il s était intimement lié avec lui.

M. Tournois, enchanté de trouver au fond de la campagne un homme dont l'éducation, les idées et les habitudes cadraient tout à fait avec les siennes, l'avait si bien attiré aux Grottes que ses visites devinrent journalières.

Grâce à leur entretien, l'oncle Zéph venait d'avoir la preuve que seul l'agrément de sa conversation ne motivait pas l'assiduité du docteur Marcel et que le charme de sa Suzanne y était bien aussi pour quelque chose L'oncle Zéph n'avait pas de prétentions, et la suite de l'histoire prouvera que sa découverte ne l'affecta pas outre mesure.

Quelques jours après, comme M. Zéphyrin était en train de greffer un rosier, Suzanne parut au bout de l'allée de tilleuls, conduisant un étranger.

L'oncle Zéph avait de fort bons yeux, comme on sait, aussi reconnut-il tout de suite le personnage.

— Je n'y suis pas !.. Suzanne, dis que je n'y suis pas! s'écria-t-il en affectant une grande terreur, puis il fit mine de se cacher avec l'églantier qu'il tenait à la main

— Trop tard ! mon cher maître, répondit en riant M. Pierre Raymond (car c'était lui-même). Et croyez-vous donc que l'air de Saint-Michel-des-Prés ait fait de vous un sylphe, pour que des feuilles de roses puissent vous cacher?

— Que venez-vous faire ici, mon cher Pierre? demanda l'oncle Zéph en répondant chaleureusement à son affectueuse poignée de main.

— Vous le savez bien, dit le jeune homme.

— Alors c'est toujours la même chose?

— Oui, toujours, et comme vous ne m'avez pas répondu, j'ai profité d'un voyage que j'étais forcé de faire dans le pays, et je viens.

— C'est qu'il faut vous dire, mon cher enfant, reprit l'oncle Zéph avec un embarras stimulé, je suis devenu paresseux.

— Vous, cher maître, vous qui autrefois faisiez de si éloquentes tirades contre les infortunés cancres trop enclins à cet affreux penchant!

— J'en ai fait, oui, je le crois, dit en riant M. Tournois, mais seulement par conscience de métier, et sans grande conviction ; car moi-même !... Enfin!... Tant que j'ai été forcé de travailler, j'ai remisé ma paresse, mais maintenant!...

— Eh bien, cher maître, moi aussi j'ai été paresseux, et vous en savez quelque chose, mais aujourd'hui, quand ma fille entoure mon cou de ses petits bras, et pose sa joue fraîche contre la mienne, je sens qu'il n'y a pas de travail au monde qui me coûterait pour assurer à la chère mignonne le bien-être dont elle a besoin. Et vous? reprit M. Raymond, en désignant Suzanne, qui, assise à quelque distance, travaillait à une broderie, n'avez-vous pas une fille, et une fille charmante encore? Pensez à elle, et vous verrez si la paresse ne battra pas en retraite, et pour toujours.

— Ah! le traître! dit l'oncle Zéph... comme il a bien su trouver l'endroit sensible... Je cède, mon ami; mais ne croyez pas que ce soit à votre éloquence seule que vous devez la victoire. Depuis quelques jours j'y étais bien résolu, et l'avenir de ma chère fille a été pour beaucoup dans ma décision.

— C'est bien, dit M. Raymond ; mais je suis homme d'affaires, moi, j'ai apporté le traité tout prêt, et...

— Venez dans mon cabinet alors, dit l'oncle Zéph.

Après avoir lu l'acte avec attention, l'oncle Zéph s'apprêtait à le signer, quand il vit M. Raymond tirer de son portefeuille et poser sur la table plusieurs billets de banque.

— Que faites-vous donc là, mon cher enfant ? dit-il...

— Ce sont les arrhes du marché que nous venons de conclure, mon cher maître, et que je vous prie d'accepter comme avance sur les bénéfices.

— Tiens ! tiens ! dit l'oncle Zéph, mais ce n'est pas du tout désagréable cela ! J'en ai justement l'emploi ! »

M. Tournois se mit immédiatement à la besogne. Tous les jours, de grand matin, il était à sa table, et il fallait que Suzanne vînt l'en arracher pour qu'il se décidât à faire une promenade.

Un jour pourtant, il partit pour la ville, au grand étonnement de la jeune fille à qui il ne confia pas le motif de son voyage. Mais comme il revint radieux, il est probable que la chose n'était pas déplaisante.

Le lendemain, le docteur Vernier dînait aux Grottes : l'oncle Zéph en profita pour lui expliquer le plan de son grand ouvrage.

Comme tous les gens passionnés, il était expansif, et son sujet l'absorbait si bien, que, bon gré mal gré, tout le monde devait entrer dans le courant de ses idées. Le docteur Marcel le raillait doucement, disant que les roses du parterre se plaignaient de leur abandon.

— Elles auront leur tour quand je traiterai de la botanique, répondit en riant l'oncle Zéph... Pour le moment, j'en suis à l'histoire.

— Ah ! à propos, mon oncle, dit Suzanne gaiement, hier matin, vous m'avez fait une conférence complète sur l'âge de pierre et les temps préhistoriques. Eh bien ! Sylvie, qui servait le déjeuner, en a été tellement impressionnée, qu'elle ne veut plus aller seule dans le cellier chercher du bois pour le four, tant elle a peur de rencontrer un de ces gigantesques guerriers dont vous avez si bien tracé le portrait.

— Pas possible ? s'écria l'oncle Zéph, enchanté de son succès.

— Oui, continua Suzanne, et, de plus, elle prétend avoir entendu du bruit dans la maison à côté de la nôtre, celle qui est à vendre depuis si longtemps.

— C'est probablement le nouveau propriétaire, car elle est vendue depuis hier, dit le docteur, en regardant l'oncle Zéph

— Vendue ! et à qui donc ? demanda curieusement la jeune fille.

— A un vieil original qui a, paraît-il, l'intention de donner sa maison à des gens qui ne le paieront pas, dit l'oncle Zéph avec malice.

— Comment cela, mon oncle ?

— Hé ! sans doute, il ne tient pas à l'argent, cet homme ! il aime mieux autre chose.

— Quoi donc ? reprit Suzanne.

— Quoi ! mais des baisers peut-être.

— Des baisers !... s'écria la jeune fille stupéfaite ; et, comme pour chercher le mot de l'énigme, elle regarda successivement son oncle et le docteur Marcel. Elle les vit tous deux souriants, et resta interdite.

— Mais oui, mignonne, répondit doucement l'oncle Zéph. Mettons que le propriétaire soit moi, et que je te donne la maison. Crois-tu qu'en ce cas, des baisers ne seraient pas la monnaie courante ?

— Mais que ferais-je de la maison, moi, mon oncle ? demanda gentiment Suzanne.

— Eh bien ! quand cela ne serait que pour l'apporter en dot à ton mari, ne l'accepterais-tu pas afin de pouvoir vivre auprès de ton vieil oncle ? Demande conseil au docteur.

— Ah ! fit Suzanne, en venant se jeter au cou de M. Zéphyrin.

— Ma chère enfant, lui dit celui-ci avec émotion, M. Marcel Vernier (et il tendit la main au docteur, qui s'était levé de table pour s'approcher de lui) m'a fait l'honneur de me demander ta main... J'aurais pu t'en faire part, mais j'ai préféré auparavant avoir le consentement de ta mère, je l'ai reçu ce matin. Le tien seul manque encore ; j'ai cru pouvoir promettre au docteur que je l'obtiendrais de toi. Me suis-je trop avancé ? Réponds.

— Non, murmura Suzanne en tendant la main à son fiancé ; puis elle ajouta : Ah ! mon oncle, que vous êtes bon !

— Mais non, mignonne, pas tant que cela ! Est-ce être bon que de s'arranger de manière à vous avoir toujours auprès de moi, toi et ton mari pour qui j'ai une si grande affection ? Je suis tout bonnement un égoïste, mais un égoïste intelligent, qui sait que, pour être heureux, il faut s'entourer de visages riants, et si je m'occupe du bien-être des autres, c'est pour mieux assurer le mien. Il y a tant de gens malheureux en ce monde, faute de savoir entendre ainsi la vie ! reprit l'oncle Zéph en baisant tendrement le front de sa nièce.

CHAPITRE VIII.

FINAUD ENLEVÉ.

Depuis que Martin, Martine et Charlot avaient quitté Saint-Michel, Claudine avait obtenu de leurs maîtres qu'ils vinssent chez elle le dimanche tous les quinze jours.

Le bon Charlot n'était pas toujours libre, car le dimanche on travaille ferme dans la pâtisserie ; mais M. et Mme Pontifieux faisaient en sorte de lui donner le plus souvent possible son jour de vacances. C'était la seule récompense que désirât le pauvre garçon : voir sa maman, son Pierrot, sa Georgette, et Sylvie et Pouponne. Quelle joie !

D'abord Martin et Martine ne vinrent pas très souvent, car leur conduite laissait encore bien parfois à désirer ; mais, un an environ après que Martin fut retourné à Grandpré, et Martine entrée chez M. Gérard, ils devinrent enfin raisonnables, et la petite famille se trouvait toujours au complet. Un dimanche matin, Claudine attendait une nombreuse compagnie : Martine avec

Mme Benoît et Martin avec M. et Mme Diégard; elle alla, comme de coutume, porter à Finaud son premier déjeuner et trouva la porte de l'écurie ouverte. Comme maître Finaud avait des habitudes fort indépendantes et une adresse toute particulière pour soulever à propos la barre de sa porte, elle pensait qu'il était allé faire un tour dans le potager, son séjour de prédilection. Elle se mit à l'appeler doucement en chantonnant:

« Finaud! Finaud! Le beau Finaud! Où est le beau Finaud? »

Mais, à son grand étonnement, l'âne, qui d'ordinaire accourait si allègrement à l'appel de son nom, ne donna pas signe de vie.

Claudine parcourut le potager, le verger, la cour. Pas de Finaud!

Qu'est-ce que cela voulait dire?

Peut-être avait-on laissé ouverte par mégarde la porte du jardin qui donnait sur les champs, et Finaud en avait-il profité pour faire un voyage dans le pays. Mais non, la porte était fermée; pourtant la clé n'était pas à son clou.

En cherchant bien, Claudine la retrouva par terre dans la bordure d'œillets. Elle alla dans la campagne, appela Finaud de tous côtés. Rien! Cependant Finaud était sorti, car il avait plu la veille au soir, la terre était encore toute détrempée, et des empreintes de sabots étaient nettement marquées dans le sentier qui conduisait à la porte.

Quelqu'un était entré la nuit par-dessus le mur, avait été prendre Finaud dans son écurie; puis, après l'avoir fait sortir, on avait fermé la porte et rejeté la clef dans le jardin.

Il n'y avait plus de doute : Finaud avait été volé...

La pauvre Claudine, bouleversée, entra à la maison...

— Qu'avez-vous, maman ? dit Sylvie qui était en train de peigner les belles boucles blondes de Georgette.

— Ah ! fillette, si tu savais !... balbutia la pauvre femme en se laissant tomber sur une chaise. Finaud, notre pauvre Finaud, qui nous a été enlevé !...

— Mais c'est impossible, mère ! s'écria la jeune fille.

Claudine alors lui raconta les recherches qu'elle avait faites, et la certitude qu'elle avait maintenant que leur bel âne, si bon, si doux, leur avait été volé pendant la nuit, et termina son récit en pleurant à chaudes larmes.

— Tenez, mère, dit Sylvie, aussi émue qu'elle, occupez-vous des enfants. Moi, je vais tout de suite chez M. Zéphyrin. Il saura, lui, ce qu'il faut faire.

A peine l'oncle Zéph avait-il entendu l'histoire, qu'il courait à la mairie, demandant le maire, l'adjoint et le garde champêtre. Il fut si persuasif que des mesures énergiques furent prises immédiatement.

Le garde champêtre alla requérir le tambour de la commune pour apprendre aux habitants de Saint-Michel-des-Prés le forfait épouvantable qui avait été commis.

L'émoi fut général dans le village : Finaud enlevé ! Les commères n'en voulaient pas croire leurs oreilles, et partirent toutes à la file, pour apprendre en détail la chose de Claudine. Les regrets furent unanimes : Finaud n'avait que des admirateurs dans le pays.

Par malheur, personne ne put donner aucun éclaircissement. Finaud se serait envolé dans les airs qu'il n'eût pas disparu plus mystérieusement. L'oncle Zéph ne se tint pas pour battu, et envoya des exprès dans toutes les communes environnantes.

Mais quelle triste nouvelle pour les enfants quand ils arrivèrent !...

Martin et Martine allaient, venaient de l'écurie à la porte du jardin, comme s'ils eussent pu trouver Finaud en faisant le trajet cent fois. Et Charlot, le gros Charlot, qui avait apporté une demi-douzaine des galettes dont Finaud était si friand (et qu'il avait l'habitude de venir prendre de lui-même dans la poche du jeune garçon), Charlot était tout contristé de ne plus sentir la tête velue du baudet lui chatouiller délicatement les côtes.

Martin, qui rôdait dans le potager, jeta tout à coup un cri perçant.

Tout le monde accourut.

— Ce n'est rien, dit-il en cachant dans sa main un objet qu'il venait de ramasser. C'est quelque chose que je veux montrer à Martine.

On crut à un caprice d'enfant, et on le laissa faire.

Depuis que Martin et Martine étaient séparés, ils étaient redevenus très bons amis, et leurs conciliabules étaient fréquents.

Martin attira sa sœur dans un coin.

— Connais-tu ça ? lui demanda-t-il en lui montrant un lambeau d'étoffe à carreaux.

— Pardine ! fit la jeune fille, c'est la doublure de la veste à Jean, ton camarade.

— Tu en es sûre ?

— Ah ! je crois bien ! s'écria Martine. Avons-nous ri, le jour où pour gage il a dû mettre sa veste à l'envers !

Avec ses grands carreaux rouges, verts et jaunes, il avait l'air d'un gros perroquet.

— C'est lui qui a fait le coup ! dit tout bas Martin.

— Tu crois ?

— Non, je ne crois pas, j'en suis sûr, répondit le jeune garçon. Tu sais que Jean est venu ici un dimanche ?

— Oui.

— Eh bien ! ce jour-là, il a admiré Finaud et, en le caressant, il a dit comme ça : « Il est bien beau ce bourriquet-là. Magloire Hardy, le maquignon, en donnerait bien vingt francs. »

— Maintenant, continua Martin, je vois bien que c'est lui qui a emmené Finaud, et en passant la nuit près du groseillier, il a accroché sa veste et la doublure s'est déchirée. Voilà.

— Faut le dire à M'sieu Zéphyrin, dit Martine.

— Non, fit Martin. Il mettrait les gendarmes aux trousses de Jean, et ça me ferait de la peine de voir prendre un camarade.

— Alors que vas-tu faire ?

— J'irai trouver Jean, et je lui dirai que s'il ne rend pas Finaud tout de suite à la mère, je vais tout conter au commissaire.

Un secret est bien lourd pour des enfants : aussi la journée leur parut-elle longue.

On se sépara tristement, car non seulement Finaud était aimé de toute la famille, mais pour Claudine c'était un gagne-pain. Deux jours après, pour faire sa tournée à la ville, elle dut emprunter l'âne au père Simon, mais c'était une bête déjà âgée et, de plus, fort rétive.

Aussi Dieu sait les ennuis de la pauvre Claudine, et combien elle maudit de fois les coquins qui lui avaient enlevé son pauvre Finaud.

Le dimanche suivant, au moment où Claudine s'éveillait, un hihan sonore retentit dans l'unique rue de Saint-Michel-des-Prés.

— On dirait la voix de Finaud ! se dit-elle en sautant à bas du lit. Hélas ! je rêve encore !...

Mais, à ce moment, un coup violent fut frappé dans le volet.

— Ouvrez vite, mère ! disait Martin.

Claudine prit à peine le temps de passer un jupon et une camisole ; elle ouvrit la targette et poussa vivement le volet.

Un cri de joie et de surprise lui échappa : Finaud, le bon Finaud, se trouva nez à nez avec sa maîtresse, ce dont il profita, du reste, pour l'embrasser affectueusement.

La pauvre Claudine lui rendit ses caresses au centuple, et ce ne fut qu'après la première émotion calmée, qu'elle s'aperçut que Finaud était accompagné d'une nombreuse escorte.

D'abord Martin, ensuite maître Romain Diégard qui riait aux larmes, enfin un superbe gendarme en grande tenue qui avait encore en main la bride de Finaud.

— Pour lors, cette bête est bien à vous, ma brave femme ? dit d'un ton majestueux le représentant de l'autorité.

— Si Finaud est à moi ! s'écria Claudine. Ah ! Monsieur le gendarme, vous venez de le voir !.....

— Subséquemment, je vous le rends, dit le gendarme.

Mais vous devez une fière chandelle à votre bambin, la mère, car, sans lui, vous n'auriez pas eu votre bête de sitôt.

— Comment, mon bon Martin, c'est toi qui as retrouvé Finaud ? dit Claudine émue en embrassant son fils.

— Oui, maman, répondit Martin tout glorieux.

— C'est que Martin est maintenant un garçon réfléchi et intelligent, dit maître Diégard, en donnant une tape amicale sur la joue brune de son apprenti. Il s'est montré, cette fois, un roublard fini, et quand je pense à son idée, j'en ris encore !

Claudine ayant tiré les verrous, le brigadier entra, suivi de maître Diégard, pendant que le triomphant Martin réinstallait Finaud dans son écurie et le bourrait d'avoine.

Mère-Grand vint aider sa mère à servir ses hôtes. Elle mit sur la table deux bouteilles de vin blanc, un beau pain doré, un fromage rond et un gros morceau de jambon. Ce menu parut être du goût des convives, car ils se mirent à la besogne avec un tel entrain que Claudine, de peur de les gêner, n'osa faire aucune question, quoiqu'elle en brûlât d'envie.

Elle s'avisa d'un stratagème.

— Hé! Sylvie ! dit-elle, cours donc quérir M'sieu Zéphyrin ; c'est lui qui sera content de revoir notre Finaud.

Cela n'était assurément pas très correct, mais Claudine et Sylvie étaient si joyeuses, qu'elles n'y prirent point garde.

L'oncle Zéph fut heureux de prouver encore une fois

son amitié à ces braves cœurs, en allant partager leur joie.

— Va prévenir Suzanne et Marcel, dit-il à Mère-Grand (Mademoiselle Suzanne était, depuis plusieurs mois, devenue la femme du docteur Vernier), et prie-les de venir me rejoindre au plus tôt chez ta mère.

Sylvie, enchantée, ouvrit la porte qui conduisait chez le docteur, car les deux maisons communiquaient maintenant, pendant que l'oncle Zéph, crânement coiffé de sa barrette, s'en allait philosophiquement présenter ses compliments de bon retour à maître Finaud.

CHAPITRE IX.

L'IDÉE A MARTIN.

— Eh bien ! ma bonne Claudine, dit l'oncle Zéph en entrant, qu'ai-je donc appris ? Finaud est revenu ?

— Oh ! oui, M'sieu Zéphyrin, répondit Claudine joyeuse en lui approchant un beau fauteuil de paille, pendant que le brigadier, maître Diégard et Martin se levaient pour le saluer.

— Restez, restez, mes amis, dit M. Tournois ; je ne suis pas venu pour vous déranger, bien au contraire.

Maintenant, dit-il avec sa bonhomie goguenarde, je réclame l'histoire de Finaud. Il n'est pas revenu de lui-même, je pense !

— Si quelqu'un doit conter la chose, c'est Martin, dit maître Diégard, car c'est à lui qu'en revient l'honneur.

— Martin? s'écria l'oncle Zéph; comment, c'est toi, mon garçon? Mais alors vite, vite, nous t'écoutons tous.

— J'oserai jamais, M'sieu! balbutia le pauvre canard interdit.

— Et pourquoi donc? dit le docteur Vernier qui entrait accompagné de Suzanne et de Mère-Grand.

— Il ne faut avoir de honte que pour le mal, mon petit Martin, reprit Mme Vernier avec sa douce voix, en embrassant le jeune garçon pour l'encourager.

— Si le maître voulait commencer, dit Martin en regardant maître Diégard, je pourrais peut-être bien finir.

— Alors ça va! car du commencement j'en suis, moi! s'écria joyeusement maître Diégard.

— Pour lors, dit-il, vous savez que nous étions tous ici dimanche. Le soir, en nous en revenant, ma femme et moi, nous parlions de Finaud et de son voleur; comme de juste, Martin, lui, ne soufflait pas un mot. Le lendemain au déjeuner, il me demande une heure pour faire une course en ville. « Pourquoi? lui dis-je. Tu as pourtant assez flâné hier. — Ah! maître c'est pas pour ça, me répond-il, c'est à cause de Finaud. — De Finaud! est-ce que tu sais quelque chose de Finaud, toi? Tu connais donc le voleur? Pourquoi n'en as-tu rien dit?

— Parce que c'est un camarade qui n'a peut-être voulu que faire une farce, me répond-il, et que je voulais en être sûr avant de parler.

— Mais dites-moi, maître : qu'est-ce qu'on lui fera, si on l'attrape?

— On le fourrera en prison, parbleu !

— Et si c'est un garçon de mon âge ?

— Alors le vaurien sera emfermé dans une maison de correction jusqu'à vingt et un ans; mais ce n'est pas tout ça, tu vas me dire qui a fait le coup?

— C'est Jean.

— Jean Landri, le garçon boucher ?

— Oui.

— Eh bien, alors, mon garçon, tu peux être sûr de ton affaire. Jean est un voleur, c'est certain, je sais ça par sa patronne, Madame Renard, qui m'a raconté que plusieurs fois il avait tenté de lui prendre de l'argent dans son comptoir, et qu'elle ne le gardait que par amitié pour sa mère, qui avait été sa compagne. Mais comment sais-tu que c'est lui ?

Il me montra alors un morceau de la veste de Jean qu'il avait trouvé dans le jardin, et me raconta que le garnement lui avait parlé de vendre Finaud à Magloire Hardy.

— Serre précieusement ce brimborion-là. Ça peut servir de preuve. Nous allons aller ensemble chez le maître de Jean pour tirer la chose au clair. Quand nous arrivâmes à la boucherie, Madame Renard nous dit que Jean était absent depuis le samedi soir, qu'il était allé à une noce.

— Où donc ? que je lui demande.

— A la Fourrière, me répond-elle.

Martin me tire par la manche : « Vous voyez bien, maître, que Jean est passé par Saint-Michel ! »

En effet, il n'y a pas d'autre chemin pour aller à la Fourrière.

Mais tout cela ne nous avançait guère ; je remercie Madame Renard, et nous voilà partis chez le père de Jean. Je lui conte la chose, et comme quoi on a des preuves contre son fils, puis je termine en lui disant que s'il veut faire rendre la bête tout de suite, on retirera la plainte. Je pensais bien que ce serait l'avis de Claudine.

— Oh ! certes ! dit la brave femme.

— Oui, reprit maître Diégard ; mais nous avions affaire à un vieil avare qui voyait bien qu'au bout du compte il serait forcé de débourser, et le voilà qui se met à nous injurier et dit finalement que si on le débarrasse de son gredin de fils, on lui rendra service.

Vous pensez si ce discours-là me met en colère :

— « Ah ! c'est comme ça, mon bonhomme ! que je lui réponds, eh bien, je vais de ce pas chez monsieur le commissaire, c'est lui qui vous en débarrassera de votre fils, vous pouvez y compter. »

Nous voilà donc chez le commissaire. Il nous écoute bien poliment, prend des notes, demande à Martin son bout d'étoffe pour le mettre en lieu sûr, puis nous dit : « — Je vais faire surveiller Jean. Mais ce qu'il faudrait, c'est retrouver l'âne. Celui à qui il a été vendu saura bien dire de qui il l'a acheté, et comme ça on découvrira toute l'affaire. Par malheur, un âne gris, il y en a des centaines : comment le reconnaître ?

— Pardon, excuse ! Monsieur, dit alors Martin Finaud a un signe.

— Lequel donc ? s'écria Claudine étonnée, pendant que Martin devenait rouge comme un coquelicot.

Maître Diégard se mit à rire.

— Il paraît, dit-il, que Martin et Martine avaient voulu un jour marquer Finaud pour le retrouver, s'il venait à se perdre. Ils avaient appliqué sur son dos une grosse roudelle de cuir, et, avec un charbon ardent, ils avaient brûlé le poil tout autour de façon à faire un rond parfait. D'ordinaire c'était caché sous le harnais ; mais la chose était facile à vérifier.

— Oh ! oui ! dit Claudine en regardant Martin, qui ne savait plus où se fourrer.

— Monsieur le commissaire, lui, trouva la chose très bonne, reprit maître Diégard avec malice. « Je pense qu'avec ça on pourra plus facilement retrouver la bête », dit-il en nous congédiant.

Nous revenions à la maison, quand Martin me demanda tout à coup : « Vous avez entendu ce qu'a dit M. le commissaire, maître ?

— Oui.

— Eh bien ! j'ai une idée, et si vous voulez me donner congé pendant quelques jours, je suis sûr de trouver Finaud.

— Toi !

— Oui, moi !

— L'ouvrage ne presse pas fort en ce moment, lui dis-je, je veux bien te donner quatre jours ; mais si tu n'arrives à rien, il faudra revenir.

— Oh ! oui ! maître ! Du reste, je rentrerai coucher tous les soirs, car il ne faut pas que la mère se doute de rien.

— Voilà tout ce que j'ai su d'abord, dit maître Diégard en terminant ; le reste, c'est Martin qui me l'a appris, mais lui seul peut le raconter. Allons, mon garçon, à ton tour ! »

Martin, encouragé par son auditoire, commença son récit en ces termes :

— D'abord il faut vous dire que j'étais presque sûr que Magloire Hardy, le maquignon, devait être le complice de Jean, car je me souvenais de les avoir vus plusieurs fois comploter ensemble dans un coin du cabaret de Grandpré. Je savais que Magloire avait l'habitude de courir les marchés et les foires pour proposer ses bêtes aux paysans et pour faire des échanges.

Il n'avait pas dû garder Finaud chez lui, car il a fait tant de tours déjà dans le pays, qu'il devait bien se douter qu'il serait des premiers surveillé par les gendarmes. Ce qu'il fallait faire, c'était de tâcher de le rejoindre, et de s'informer des bêtes qu'il aurait vendues depuis quelques jours. Pour moi, ce n'était pas chose facile, car Magloire me connaît si bien qu'il se serait défié, s'il m'avait vu quelque part, et qu'il aurait envoyé Finaud bien loin. Comment faire? Heureusement que je me souvins d'avoir vu souvent, dans les foires, de petits pâtissiers qui parcouraient le marché avec leurs gâteaux. — Charlot me prêtera bien un de ses costumes, me dis-je, et, une fois déguisé comme cela, Magloire n'y verra goutte, s'il me rencontre.

Mais, pour ne pas avoir d'affront, dans le cas où j'aurais à réclamer Finaud, je me résolus à aller demander un certificat à M. le maire. Il connaît la mère : j'étais sûr qu'il ne me refuserait pas.

Il me donna quelque chose de tout à fait bien. Il fallait voir l'effet que ça faisait sur tous les gens à qui je le montrais ! Puis il m'envoya chez le commissaire pour qu'il me donnât son visa.

Une fois muni de mes papiers, je retournai chez maître Diégard pour prendre ma veste des dimanches, puis je partis pour la ville.

Quand j'arrivai à Villeneuve-le-Grand, ce fut Charlot qui fut surpris. Madame Pontifieux lui permit de monter avec moi dans sa chambre.

— Charlot, que je lui dis, je veux rendre Finaud à la mère. Veux-tu m'aider ?

— Oh ! qu'il me répond, bien sûr !

— Alors, repris-je, il faut que tu me donnes tout ton argent. Moi je n'ai rien.

— Tiens, qu'il fait tout de suite en atteignant sa tirelire. Casse-la.

— Mon bon gros Charlot ! s'écria Claudine attendrie.

— Je cassai la chose sur le carreau, continua Martin, et des pièces de deux sous, de quatre sous et de cinquante centimes roulèrent dans tous les coins ; c'étaie les petits bénéfices de Charlot, quand il va porter en ville. Il y avait quinze francs tout juste.

— Maintenant, Charlot, lui demandai-je, crois-tu que Madame Pontifieux voudrait me prêter un de tes costumes ? et je lui expliquai mon projet.

Tout de même, qu'il me répond, je vas l'demander à Madame. » Il remonte bientôt en me disant que Madame voulait bien, tant elle désirait que la mère retrouvât Finaud, et que, de plus, on me prêterait aussi une corbeille pour les gâteaux. Charlot me montra comment il fallait arranger la serviette, et, sur son conseil, j'achetai, avec une partie de l'argent qu'il m'avait donné, toute une provision de gâteaux secs, de biscuits, de pain d'épice et des sucres d'orge, puis je retournai bien content chez maître Diégard avec toutes mes marchandises.

Pendant trois jours, je parcourus inutilement toutes les communes d'alentour. Magloire était introuvable. Personne ne savait ce qu'il était devenu. J'étais tout à fait désolé, quand, dans une auberge où j'étais entré pour me rafraîchir, j'entendis parler d'une foire qui se tenait pour la première fois dans un petit village appelé Surville.

— Mais c'est à dix lieues d'ici ! s'écria le docteur Vernier, qui connaissait à merveille tous les recoins du département.

— Oui, Monsieur, répondit Martin ; mais ce fut pour moi une raison de plus pour y aller, car je me dis que Magloire avait dû chercher à se défaire de Finaud, le plus loin possible, dans un endroit perdu où personne n'aurait entendu parler du vol.

— Bien raisonné ! dit l'oncle Zéph.

— Le lendemain, de grand matin, reprit Martin, j'étais à Surville, où je descendis à l'auberge des Trois-Chemins. Là j'appris tout de suite que Magloire Hardy était arrivé depuis plusieurs jours dans le pays, avec une cargaison de chevaux et d'ânes, et qu'il avait fait de grandes affaires. On parla surtout d'un bel âne gris qui avait été acheté par un des marchands de la foire, qui se nommait Pierre Dureau, et vendait des nouveautés. Je cherchai quelqu'un à qui m'adresser, quand le brigadier.......

— Présent ! dit le brave homme en avalant une rasade. C'est vrai que c'est moi qui, voyant le petit bonhomme dans l'embarras, lui ai demandé ce qu'il voulait. Alors il m'a fait lire tous ses papiers et le certificat du maire et la note du commissaire qui ordonnait de l'aider, s'il retrouvait la bête.

— « C'est bon, lui dis-je, file devant et fais-moi signe quand tu auras trouvé. »

Le galopin part en fredonnant, présente ses gâteaux de droite à gauche, et finalement, après une bonne demi-heure de recherches, arrive à une petite place où les marchands avaient mis leurs bêtes au vert, dans un enclos fermé par des piquets. Alors .... Mais, va, fiston, dit le brigadier, préférant rendre la parole à Martin pour faire une nouvelle brèche au fromage.

Martin ne se fit pas prier :

— Du premier coup d'œil j'aperçus Finaud qui mâchonnait une touffe de chiendent. Il avait l'air triste. Va, mon bon, que je me dis, je vas bien vite t'égayer, moi ! Et je me mis à chanter le refrain de Charlot quand il lui apportait ses galettes :

« Qui veut des gâteaux ? Finette, Finaud ! Qui veux des gâteaux ? C'est le beau Finaud. »

A peine avais-je fini, que Finaud, bousculant tous ses camarades, était là le nez dans ma corbeille ; son élan avait été si brusque que l'enclos fut en révolution, et que les marchands sortaient de leurs baraques pour voir la cause du tapage.

Pendant ce temps-là, Finaud et moi nous nous embrassions tendrement.

— Ah ! ça, voulez-vous bien laisser mon âne tranquille, vous là-bas ? s'écria rudement, en s'adressant à moi, un gros homme d'une cinquantaine d'années, qui était pourpre de colère.

En me retournant vers lui, je vis à deux pas le brigadier qui riait aux larmes de ma reconnaissance avec Finaud. Cela me donna du courage, et je répondis au marchand :

— Mais ce n'est pas votre âne que j'embrasse, Monsieur; c'est bien le nôtre, celui qui a été volé à la mère.

— Celui de ta mère, petit vaurien, s'écria le marchand furieux. Ah ! tu as du front, par exemple ! un âne que j'ai acheté il y a deux jours et que....

— Là, voilà justement ce que je voulais vous faire dire, répondis-je à Pierre Dureau stupéfait ; mais le brigadier peut bien voir si Finaud n'a pas la marque qui est sur le papier.

— Voyons ça, dit le brigadier en s'avançant.

— Oui, voilà bien la marque, dit le brigadier, et du reste impossible de nier, la bête connaît l'enfant. »

Pierre Dureau avait enfin fini de lire les papiers que le brigadier lui avait remis pour le faire taire.

— Mais c'est une infamie ! dit-il ; me vendre une bête volée à moi ! je veux qu'on arrête tout de suite le coquin qui m'a joué un pareil tour ; c'est un maquignon nommé Magloire Hardy, qui doit être encore à l'auberge des Trois-Chemins.

— Alors, marchons, dit le brigadier; mais, en attendant, j'emmène la bête en fourrière.

Nous arrivons ainsi à l'auberge, suivis par une foule... mais une foule ! je ne vous dis que ça..

Chemin faisant, le brigadier avait fait signe à deux

de ses hommes qui le suivirent, pendant que Pierre Dureau et moi fermions la marche.

Magloire Hardy était attablé avec des compagnons à qui il venait de raconter quelque bon tour, car il riait à se tordre.

A la vue du brigadier qui entrait avec ses hommes, Magloire parut inquiet, mais il voulut faire le fendant tout de même.

— Bon Dieu ! brigadier, qu'il dit comme ça, qu'est-ce que vous avez donc à faire ici, que vous venez en troupe ?

— Arrêter une canaille, répond sèchement le brigadier ; puis, appelant Pierre Dureau : « C'est bien là l'homme ? reprit-il.

— Oui, c'est le bandit ! le voleur ! le coquin ! s'écria le marchand, à moitié suffoqué par la colère.

— C'est bien ! dit le brigadier. Magloire Hardy, je vous arrête !

— Moi ! Pourquoi ?

— Oui, vous, comme complice du vol d'un âne fait au préjudice de la veuve Paturel, de Saint-Michel-des-Prés, et que, pas plus tard qu'il y a deux jours, vous avez vendu à Monsieur... Et il désigna le marchand.

— Mais je l'ai achetée, moi, cette bête! s'écria insolemment Magloire ; si elle a été volée, est-ce que j'en sais rien ?

— Qui vous l'a vendue ? demanda le brigadier.

Magloire ne répondit pas. Il savait bien qu'il était défendu de trafiquer avec un enfant de quinze ans sans l'autorisation de ses père et mère. De toute façon, il était en faute.

— Eh bien ! en voilà un qui va vous l'apprendre, si vous ne le savez pas, reprit le brigadier, en me faisant passer devant lui.

— C'est Jean Landri, que je dis hardiment ; c'est lui qui a fait le coup.

— Et qui es-tu, toi ? s'écria Magloire enflammé de rage.

— Je suis Martin Paturel, le fils de Claudine Paturel, de Saint-Michel-des-Prés.

— Et tu oses soutenir que je suis le complice de Jean Landri ? dit Magloire en me montrant le poing.

— Oui, oui, cent fois oui ; je vous ai vu causer assez souvent ensemble depuis quinze jours à Grandpré, lui répondis-je. Et du reste, quand il a fait le coup, je sais que vous faisiez le guet dans le creux, ajoutai-je à tout hasard.

J'avais touché juste, car ça lui fit un tel effet qu'il retomba sur sa chaise comme si on lui avait coupé les deux jambes.

— Empoignez-moi ce particulier-là, et vivement, dit le brigadier à ses hommes.

Magloire Hardy sortit avec les gendarmes, au milieu des huées de la population de Surville.

Mais celui qui n'était pas encore trop content, c'était Pierre Dureau, le marchand : — « Et mes soixante francs ? » qu'il disait, désolé.

— Magloire Hardy sera bien condamné à vous les rendre, lui répondit le brigadier.

Le soir, quand le brigadier quitta Surville avec ses hommes, il voulut bien me permettre de le suivre à cheval sur Finaud, et je retournai avec lui à Grandpré, où

Jean fut arrêté immédiatement ; il avoua tout de suite avoir été poussé au vol par Magloire, à qui il avait vendu Finaud pour vingt francs.

M. le maire fit jouer le télégraphe ; le brigadier reçut l'autorisation de ramener Finaud à la mère, et, dès l'aurore, nous sommes tous partis pour la surprendre au réveil.

Voilà l'histoire, dit en finissant Martin, dont les yeux brillaient d'un orgueil naïf.

Tout le monde l'entoura pour le féliciter ; c'était à qui l'embrasserait le plus fort.

— Parbleu ! dit l'oncle Zéph, voilà ce que j'appelle un garçon résolu ! Bravo ! mon cher Martin ! Tu as montré de l'intelligence, de la décision ; et, ce qui ne me plaît pas moins que tout le reste, mon ami, c'est le sentiment qui t'a porté à essayer de sauver ton camarade ; il ne le méritait pas, c'est vrai, mais c'était une pensée généreuse et qui fait honneur à ton cœur, n'est-ce pas, brigadier ? reprit-il poliment.

— Le petit gars est gentil, et peut devenir un crâne soldat, un jour : voilà mon sentiment, répondit le brigadier en tordant sa moustache.

— C'est un bon fils, dit Claudine, en embrassant l'enfant. Il a voulu consoler sa mère : Dieu le bénira.

— Et dis-nous, Martin, la recette ? demanda en riant l'oncle Zéph.

— Voilà, Monsieur, répondit le jeune garçon en atteignant son mouchoir, dont un coin lui servait de porte-monnaie.

— Voyons ça ? Vingt-deux francs ! mais c'est superbe! Charlot aura fait, grâce à toi, un bénéfice de cinquante pour cent.

— Et pour une semaine encore! dit en riant le docteur Marcel.

— Ah ! Monsieur! répondit Martin, on ne fait pas tous les jours des expéditions comme ça. »

CHAPITRE X.

LES POUSSINS GRANDISSENT.

Il y a déjà sept ans que l'oncle Zéph est venu habiter Saint-Michel-des-Prés.

Le pays a bien changé depuis, le petit village a fait place à un chef-lieu de canton et de nombreuses maisons se sont groupées autour de l'ancienne bourgade.

Saint-Michel-des-Prés possède même un château maintenant; du moins c'est le nom que les gens du pays donnent à deux corps de logis, un peu disparates peut-être, mais qui font très bel effet, entourés qu'ils sont de verts gazons et de bois magnifiques, qui apparaissent à travers une belle grille ouvragée.

Quand un étranger s'informe à qui appartient cette propriété :

— C'est, lui dit-on, le château des Grottes, à M. Zéphyrin Tournois, un homme très savant, dont tous les journaux de Paris parlent et qui gagne des mille et des cent, à faire des livres pour les enfants.

Le *Château* des Grottes.

C'est que le grand ouvrage de l'oncle Zéph a eu un immense succès, et qu'à l'étranger, dans tous les pays qui s'intéressent à l'instruction, son nom est devenu populaire.

Un beau jour du commencement d'octobre, l'oncle Zéph était dans son cabinet, en grande conférence avec M. Pierre Raymond.

L'éditeur parisien était venu tout exprès pour lui proposer de faire une suite à son grand ouvrage.

Il s'attendait à une vive résistance ; mais l'oncle Zéph ne se défendait que pour la forme, parlant de sa fatigue, et de la crainte qu'il avait de ne pas réussir la seconde partie aussi bien que la première.

— Évidemment la partie est gagnée d'avance, se dit M. Pierre Raymond ; mais quel a été mon auxiliaire? Une charmante apparition lui servit de réponse : Suzanne, dans tout l'éclat de sa beauté, venait d'entrer avec ses trois enfants.

— Vous souvenez-vous de ce que vous m'avez dit un jour pour vaincre ma paresse, mon cher Pierre ? demanda l'oncle Zéph.

— Non, quoi donc?

— Vous m'avez parlé de votre fille, du courage que vous étiez capable de déployer pour lui créer un heureux avenir... Eh bien ! laissez faire ces petites têtes blondes-là (et il désigna les enfants), j'ai une vague idée que, par amour pour elles, le bonhomme secouera son indolence. Les robes sont si chères, aujourd'hui, même quand elles sont petites ! N'est-ce pas, Juliette? reprit-il en embrassant une charmante fillette de cinq ans, dont la robe de toile bleue brodée laissait à découvert un joli cou, de petites épaules et des bras potelés et des mollets rebondis.

— Bon papa, dit l'enfant, faut venir cueillir les poires. Sylvie dit comme ça qu'il y en a trop pour elle et pour Jean.

— Allons cueillir des poires, soit ! » répondit l'oncle Zéph, qui partit aussitôt, accompagné des enfants.

Sylvie, qui était devenue une grande et belle fille de vingt ans, rangeait de magnifiques poires dans des paniers pour les transporter au fruitier. Jean Bourdet, le jardinier (car l'oncle Zéph avait un jardinier depuis qu'il avait une serre), perché sur une haute échelle, passait les fruits à la jeune fille au fur et à mesure qu'il les cueillait.

A un moment donné, il prit mal ses mesures, et une superbe poire, s'échappant de ses mains, vint rouler par terre.

— Oh ! quel malheur ! s'écria Mère-Grand en se précipitant pour la ramasser. Son mouvement fut si brusque, que sa cornette, plus rapide que jamais, resta accrochée aux branches basses du poirier, et qu'une magnifique chevelure d'un brun doré se déroula sur ses épaules.

Jamais personne n'avait vu Sylvie autrement qu'avec sa coiffure de paysanne. Ce fut comme une transformation, et elle apparut ainsi si jeune et si charmante dans son embarras, que tout le monde applaudit.

— Je ne veux plus que tu remettes ta cornette jamais, Sylvie ! s'écria Mme Suzanne avec vivacité. Quand on a une chevelure comme la tienne, on reste tête nue.

— Oh, Madame ! balbutia la pauvre fille toute rougissante.

Sylvie.

— Je suis de l'avis de Suzanne, moi, dit gaiement l'oncle Zéph ; c'est la première fois que j'ai pu voir ton honnête visage à découvert, ma fille, et tu peux m'en croire, il n'est pas de ceux qui sont bons à cacher. »

Mère-Grand tournait et retournait sa cornette entre ses mains, sans savoir ce qu'elle devait faire.

— Non ! non ! Sylvie ! disaient les enfants en sautant autour d'elle ; faut pas la remettre, maman l'a défendu.

Et M. Victor (à six ans on a de l'aplomb), s'emparant prestement du bonnet, et le donnant à Jean qui, après avoir assisté à cette petite scène du haut de son échelle, venait de descendre de l'arbre :

— Tiens, dit-il, prends, et va le jeter dans le puits.

— Rendez-le-moi, Monsieur Jean, dit Sylvie, en tendant la main au jeune jardinier.

— Ma fine, non, Mamzelle ! vous êtes trop bien ainsi, répondit Jean en la regardant avec une gaucherie émue.

L'oncle Zéph éclata de rire.

— Bravo ! mon garçon, dit-il ; puis s'adressant à la jeune fille : « Allons, Sylvie, vas-tu résister encore ? Jean, si timide d'ordinaire, s'est décidé à donner son avis. Cela doit te suffire. Tout le monde est contre toi : il faut te résigner, ma fille. »

Sylvie rougit plus encore en voyant tous les regards fixés sur elle ; et, rattachant tant bien que mal ses magnifiques cheveux à l'aide de son peigne, elle recommença à ranger ses poires, pour se donner une contenance, pendant que Jean transportait son échelle à quelques pas de là.

Voyant le trouble de la pauvre Mère-Grand, Mme Suzanne, pour lui donner le temps de se remettre, entraîna son oncle et M. Raymond vers un banc placé à quelque distance.

— Eh bien, mes amis, que dites-vous de cette petite scène rustique? demanda l'oncle Zéph.

— Elle me semble des plus significatives, répondit en riant M. Raymond.

— Oui, il y a ici comme une vague odeur de mariage........ Mais cela ne m'étonne pas, du reste, continua-t-il avec bonne humeur : c'est devenu ma spécialité depuis que je suis à Saint-Michel. »

Huit jours après, l'oncle Zéph était plongé dans la méditation souriante que produit un bon déjeuner, quand un coup discret fut frappé à sa porte ; puis, sur l'invitation qui lui fut faite, le visiteur entra.

C'était un beau garçon d'une vingtaine d'années, brun, vigoureux et d'une figure intelligente et gaie.

— Tiens, c'est Martin! dit l'oncle Zéph. Comment ça va, Martin?

— Très bien, Monsieur, et vous-même? répondit respectueusement le jeune homme. Je ne vous dérange pas?

— Non, mon enfant, dit M. Tournois. Claudine et ses enfants, j'allais, ma foi, dire encore ses Poussins, reprit-il avec une gaîté que partagea le jeune homme, seront toujours ici les bienvenus.

— Je vous remercie, Monsieur, et cela m'encourage à vous demander un grand service.

— Lequel donc, mon ami?

— Vous savez, Monsieur, reprit Martin, qu'en ma qualité de fils aîné de veuve, je suis de droit exempté du service.

Charlot, lui, étant mon cadet, sera obligé de partir et Dieu sait si le métier de soldat lui plaît! Eh bien! ce que je voudrais, Monsieur, c'est que vous obteniez de la mère qu'elle me laisse m'engager. Charlot bénéficiera ainsi de l'exemption, ce qui est très important pour lui. Dans son état, une interruption de cinq ans serait terrible. Il se gâtera la main au régiment, car le rata n'a aucun rapport avec les bouchées à la reine. Tandis que moi, je trouverai bien là des chevaux à ferrer. D'ailleurs le métier me va, et si je parviens à un grade, je n'abandonnerai certes pas la carrière.

Par malheur, la mère ne veut pas.

— Tu peux compter sur moi, mon bon Martin, dit l'oncle Zéph. Et, bien que je comprenne les scrupules de ta mère, je ferai en sorte de l'amener à ne pas s'opposer à ton dévouement, ajouta-t-il en serrant affectueusement la main du jeune homme.

— Au revoir, Monsieur, répondit Martin, et merci bien des fois.

— Le brave enfant! dit M. Tournois resté seul. Oui, il a raison, le gros Charlot n'a rien de ce qu'il faut pour faire un soldat. Tandis que lui....

Parbleu! je ne serais pas étonné si, dans quelques années d'ici, il nous arrivait avec un galon d'or sur la manche. Mais qu'est-ce encore? reprit-il, en entendant de nouveau frapper à sa porte. C'est donc le jour des conférences? Entrez, entrez, dit-il tout haut.

Suzanne parut, accompagnée de Claudine.

— Madame Paturel demande une audience, mon oncle, dit la jeune femme.

— Quand je disais! Asseyez-vous, ma bonne Claudine, et contez-moi la chose, reprit M. Zéphyrin en s'enfonçant, en vrai sybarite, dans son moelleux fauteuil.

Madame Suzanne s'installa à la table qui lui était réservée dans le cabinet de son oncle et se mit à broder.

— M'sieu Zéphyrin, dit Claudine, je viens vous demander conseil pour une chose qui m'embarrasse beaucoup. J'ai reçu ce matin la visite de Mme Benoît qui est venue, au nom de son neveu Adrien Lambert, me demander Martine en mariage.

— Ah! ah! fit l'oncle Zéph.

— Depuis son retour du service, continua Claudine, Adrien est entré comme ouvrier chez M. Gérard; c'est un excellent travailleur et très capable.

Le contre-maître de la fabrique s'étant, il y a quelques jours, brouillé avec le patron, c'est le neveu de Mme Benoît que M. Gérard a choisi pour le remplacer; il lui donne des appointements très convenables, avec promesse, s'il fait bien son affaire, de l'intéresser dans six mois aux bénéfices de la maison: ça sera pour lui une très belle position.

Il peut donc maintenant entrer en ménage, et c'est Martine qu'il a choisie. Elle est devenue une des meilleures ouvrières de la maison; avec ça, elle est gentille et raisonnable, et puis elle s'est montrée si dévouée pour Mme Benoît, quand elle a été si gravement malade, l'année dernière, qu'Adrien s'est promis de n'en jamais épouser une autre qu'elle. Je crois que Martine sera très heureuse, et c'est un si bon parti pour elle, que je ne puis refuser. Mais ce qui m'ennuie, c'est de la marier avant Sylvie, sa sœur aînée.

— S'il n'y a que cela qui vous inquiète, ma bonne

Claudine, dit l'oncle Zéph en échangeant un malin sourire avec sa nièce, rassurez-vous, les choses s'arrangeront au mieux..... Et puis Sylvie n'est pas jalouse.

— Je le sais bien, Monsieur ; mais, c'est égal, marier la cadette avant l'aînée, c'est pas dans l'ordre, cela !

— Bah ! bah ! donnez toujours votre consentement, Claudine ; le reste viendra tout seul (et j'y aiderai plutôt), ajouta dans sa barbe le malicieux oncle Zéph.

— Alors, Monsieur, je vais écrire à Mme Benoît, comme c'était convenu entre nous, car elle m'a dit qu'Adrien allait attendre ma réponse avec impatience.

Et Claudine se leva pour prendre congé.

— Georgette et Marguerite (Pouponne) sont toujours sages, ma bonne? demanda M. Tournois.

— Oh ! oui, Monsieur, et maintenant qu'elles sont toutes les deux à l'école et que Pierrot est entré chez le mercier de Villeneuve comme petit commis, ça me semble bien drôle, parfois, de me trouver toute seule à la maison, moi qui avais souvent mes sept poussins accrochés à mes jupes. Il ne me reste plus que mon pauvre Finaud.

— Un peu de patience, Claudine ! Il y a un proverbe qui dit : « Quand il n'y en a plus, il y en a encore » ; ça peut s'appliquer aux poussins, ma chère... Mais, à propos, continua l'oncle Zéph, qu'est-ce que vous dites de la nouvelle coiffure de Sylvie ?

— Rien, Monsieur, répondit Claudine avec réserve.

— Vous ne l'approuvez pas? reprit l'oncle Zéph en souriant.

— A vous dire vrai, M'sieur Zéphyrin, je n'aime pas beaucoup que les jeunesses changent de mode... Sylvie m'a conté que c'était vous, Monsieur, et Mme Suzanne, qui l'aviez empêchée de remettre sa cornette. Je sais bien qu'elle est tout plein aveuante, comme ça, reprit la mère avec un naïf orgueil; mais j'ai peur qu'on en parle au village, et ça suffit quelquefois pour qu'une fille ne trouve pas d'épouseux.

— Vous parlez comme un livre, ma bonne Claudine, s'écria l'oncle Zéph en riant comme un bienheureux, mais...

— Hé, mère Germain ! est-ce que Monsieur est dans son cabinet à c'te heure? dit en bas la voix de Jean Bourdet le jardinier.

— Je crois bien qu'oui, répondit la bonne femme; mais vous pouvez bien y aller voir, dà !

— Alors j'y monte, reprit Jean.

— Pardine, il ne vous mangera pas, allez ! dit la mère Germain, voyant probablement qu'il hésitait.

M. Tournois et Suzanne avaient entendu ce dialogue, qui parut les amuser beaucoup. La jeune femme se leva pour accompagner Claudine, et en ouvrant la potre, elle se trouva juste en face de Jean Bourdet.

— Entre, mon garçon, dit l'oncle Zéph.

Jean ôta son chapeau de paille, et apercevant tout à coup Claudine : Bien le bonjour, Madame Paturel, dit-il honnêtement.

— Bonjour, Jean, répondit Claudine ; puis elle ajouta. « Au revoir, M'sieur Zéphyrin. »

L'oncle Zéph referma soigneusement la porte et revint s'asseoir dans son fauteuil.

— Eh bien, Jean, dit-il, que me veux-tu, mon garçon?

— Monsieur est si bon, que...

Et Jean, à bout d'éloquence, s'arrêta court.

— Est-ce bien pour me parler de ma bonté que tu es venu, mon ami? demanda M. Tournois avec un air de malice qui acheva de démonter le pauvre garçon.

— M'sieu, non........ Mais si M'sieu voulait m'aider un peu? reprit Jean avec un air suppliant qui toucha l'oncle Zéph. Je sais bien ce que je veux dire, j'en ai le cœur tout plein... Mais c'est pour commencer.

— Alors je parlerai pour toi, fit M. Tournois. Voyons, tu voulais dire que tu étais un honnête garçon, un bon travailleur, capable de nourrir convenablement une famille, et qu'alors tu croyais le moment venu de te marier. Est-ce cela ?

— Oh! M'sieu! s'écria Jean radieux.

— Et tu voulais, de plus, m'apprendre que tu croyais avoir trouvé la femme qu'il te fallait. Est-ce toujours bien ça?

— Oh! oui, que c'est bien ça, M'sieu! répondit Jean en paraissant décidé à parler.

— Et quelle est celle que tu as choisie, mon garçon? Est-ce Rosalie, Victorine ou Sophie?

— Bien sûr que non, M'sieu! dit Jean en agitant violemment son chapeau, comme pour écarter bien loin les jeunes villageoises ci-dessus nommées. Non! c'est Mamzelle Sylvie que je voudrais bien avoir pour ma promise.

— Le veut-elle?

— Ah! Monsieur, je ne sais pas. J'aurais bien voulu lui poser la chose; mais chaque fois que j'vas porter des légumes à la cuisine, si j'entre par une porte, elle sort tout justement par l'autre ; c'est pas commode pour causer, M'sieu, voyez-vous! ajouta Jean d'un air profond.

— Alors tu désires que je me mêle de tes affaires?

— Dame, oui, Monsieur ; sans cela, je ne saurais jamais m'en tirer.

— Chut ! fit l'oncle Zéph en entendant des pas légers dans le corridor.

— J'apporte de la tisane à Monsieur... est-ce que je peux entrer ? dit la voix de Sylvie.

L'oncle Zéph s'était enrhumé en restant trop tard le soir à fumer dans le jardin, et le docteur l'avait condamné à boire d'heure en heure des infusions diverses.

— Oui, fillette, répondit gaiement M. Tournois ; jamais tu n'es arrivée plus à propos.

Sylvie ouvrit de grands yeux, car elle et sa tisane n'étaient pas, d'habitude, reçues avec tant de bonne grâce.

Pendant que l'oncle Zéph buvait à petites gorgées, elle aperçut Jean qui la regardait d'un air aimable.

— Tiens, vous êtes là, M. Jean ? fit-elle surprise.

— Oui, dit M. Tournois en reposant sa tasse vide sur la soucoupe. Jean est venu me demander conseil pour une affaire qui lui tient au cœur. Par malheur, je ne m'y entends guère. Mais les femmes sont plus fines que nous..... et je suis sûr que toi, Sylvie, tu pourrais nous tirer d'embarras.

— Pardon, Monsieur, répondit Sylvie précipitamment, car elle connaissait bien trop l'oncle Zéph pour ne pas se douter de quelque malice de sa part, en le voyant sourire. C'est à Madame Suzanne qu'il faut demander cela ; moi, j'ai besoin de redescendre vite, j'ai un carré de veau sur le feu, et s'il brûle.....

— Eh bien ! il brûlera... dit l'oncle Zéph d'un ton déterminé. Il détestait le veau.

Puis, la prenant par la main, il reprit sérieusement :

— Tu sais, Sylvie, que, depuis la mort de ton pauvre père, j'ai cherché autant que possible à le remplacer auprès de vous !

— Ah ! Monsieur Zéphyrin, dit Sylvie toute attendrie, comment pourrions-nous l'oublier jamais ?

— Eh bien ! ma fille, je viens te demander aujourd'hui, comme il le ferait lui-même, si tu veux accepter de devenir la femme de ce brave Jean que voilà. Tu sais que c'est un honnête garçon, un bon travailleur, et que ma maison sera toujours la vôtre. Voyons, que dis-tu ?

— Qu'il faut demander cela à la mère, M'sieu Zéphyrin, répondit Sylvie, en jetant un timide regard sur son prétendant.

— Et si elle dit oui, Mamzelle? demanda Jean d'un ton suppliant.

— Alors je crois que je ne dirai pas non, reprit Mère-Grand avec sa douceur souriante.

Jean poussa un cri de joie.

Sylvie devint rouge comme une cerise; mais, avant que Jean ait eu le temps de faire un pas vers elle, elle avait disparu avec l'agilité d'une biche.

— Si tu te plains de cette réponse-là, tu seras, ma foi, bien difficile ! dit l'oncle Zéph à Jean, dont la figure rayonnait de bonheur. J'avais promis une visite à Claudine ; nous allons la faire ensemble, mon garçon ; c'est elle qui va être contente! elle aura ses deux noces le même jour.

CHAPITRE XI

LA RÉCOMPENSE DE CLAUDINE.

Depuis quelque temps, le village de Saint-Michel-des-Prés avait deux importants sujets de conversation.

D'abord les mariages de Sylvie et de Martine, qui devaient se faire prochainement.

Ensuite l'apparition, dans le pays, de plusieurs Messieurs de mine grave, qui étaient arrivés avec toute sorte d'instruments bizarres; ils avaient pris des plans, des vues, pratiqué des sondages, fait sauter des quartiers de roche, et creusé des collines, etc., etc.

Evidemment il se préparait quelque chose d'extraordinaire.

Le conseil municipal, présidé par l'oncle Zéph, s'était réuni plusieurs fois en séance du soir. Qu'avait-il donc à discuter ? Une route ? un canal ? Personne n'en savait rien.

Messieurs les membres du conseil avaient été si discrets, que, dans plusieurs ménages, les querelles étaient fréquentes : les femmes voulant savoir, les maris ne voulant pas parler. Claudine, elle, se tenait en dehors de tous ces bavardages, tout occupée qu'elle était du mariage de ses filles et de l'achat des trousseaux.

Martine était revenue habiter chez sa mère pendant la quinzaine qui devait précéder la cérémonie. Sylvie aussi était là, car l'oncle Zéph et Mme Suzanne n'avaient plus voulu qu'elle s'occupât de rien, et c'étaient les domestiques du docteur qui faisaient le service de M. Tournois. Quel heureux temps pour Claudine !

Martine était si gaie, si aimable, si glorieuse de son futur mari et de sa belle toilette !

Un soir, Jean Bourdet prévint Claudine que M. Tournois désirait la voir dès le lendemain matin.

Elle allait aux Grottes, quand elle rencontra le père Simon, qui avait l'air tout vexé.

— Eh bien, Claudine ! qu'il lui dit, vous n'aurez pas fait une mauvaise affaire en gardant votre maison. On va vous en offrir gros à cette heure.

— Mais je ne veux pas vendre ma maison ! répondit Claudine stupéfaite.

— Avec ça qu'on va vous demander votre permission pour la prendre ! reprit le bonhomme en ricanant. J'ai été hier à la sous-préfecture : la chose est décidée, le tracé du chemin de fer arrêté, et votre maison est juste à la place où l'on construira la gare.

Claudine, accablée, poursuivit sa route sans lui répondre.

— Un chemin de fer à Saint-Michel, se disait-elle ; mais je vais perdre mon gagne-pain, alors !

Du premier coup d'œil, l'oncle Zéph vit qu'elle savait tout.

— Qu'avez-vous, ma bonne Claudine ? dit-il en lui avançant un siège.

— Je viens de rencontrer le père Simon, Monsieur, et........

— Il s'est vengé de la bonne affaire que je lui ai fait manquer, il y a six ans, en vous mettant martel en tête. Je le reconnais bien là ! Je voulais tout vous apprendre moi-même, et c'est pour ça que je vous ai fait venir. Mais, voyons, que vous a-t-il dit ?

— Qu'on allait prendre ma maison pour y faire la gare du nouveau chemin de fer, Monsieur. Ce qui m'inquiète aussi, c'est que, la ligne une fois construite, il n'y aura peut-être plus de commissions à faire : comment pourrai-je vivre avec mes fillettes ?

— Mais vous vivrez fort bien, ma bonne Claudine. Ecoutez-moi : votre maison, votre verger et vos champs, que le père Simon voulait vous acheter 1,500 francs, vous seront payés au moins quinze mille : c'est parce que je prévoyais cela, que je vous ai empêché de les vendre.

— Mais, M'sieu Zéphyrin, s'écria Claudine, ça n'est pas possible ?

— Rien n'est plus vrai, ma bonne.

Nous disons donc que vous aurez au moins 15,000 francs. Maintenant, depuis six ans, vous avez placé, chez le notaire, de quatre à cinq cents francs par an. Comme vous avez laissé par mon conseil les intérêts s'accumuler, ces sommes, jointes à ce qui vous restait du cousin Jérôme, vous constituent un capital de près de 5,000 francs ; quinze et cinq font vingt : c'est donc vingt mille francs que vous possédez aujourd'hui.

Avec cela, Claudine, vous pouvez avoir assez de rentes pour vivre tranquille, si vous êtes obligée de renoncer à faire vos voyages.

— Ah ! Monsieur Zéphyrin, quelle bénédiction d'avoir affaire à un homme comme vous ! J'étais arrivée désolée, et voilà qu'en quelques mots vous me faites millionnaire.

. . . .

Les cloches de Saint-Michel-des-Prés lançaient à toute volée leurs notes joyeuses, pendant qu'un long cortège se déroulait dans la grande rue du village.

En tête, étaient les mariées, charmantes toutes deux, dans leurs robes de popeline, avec un beau fichu de dentelle attaché par un gros bouquet, et leurs couronnes blanches à demi cachées par un long voile de tulle. Sylvie, belle, grande et fraîche, donnait le bras à l'oncle Zéph, qui lui servait de père.

Martine, petite brune, les yeux brillants et si joyeuse qu'elle avait toutes les peines du monde à s'empêcher de danser en marchant, la suivait avec maître Diégard.

Après venaient : Claudine avec Jean Bourdet ; Mme Benoît avec son neveu Adrien ; Mme Suzanne avec Martin dans son bel uniforme de dragons tout neuf (car sa mère avait enfin consenti à ce qu'il s'engageât) ; M. Vernier et Annette Rocher.

Puis les garçons et les demoiselles d'honneur, Mesdemoiselles Georgette et Marguerite, les deux roses pompons, comme on les appelait en les voyant passer, escortées de leurs frères Charlot et Pierrot.

Après la cérémonie, tout le monde se rendit aux Grottes, où une immense table avait été dressée.

Le dîner fut magnifique : c'était la maison Pontifieux qui l'avait fourni, et Charlot lui-même l'avait ordonné.

On allait commencer à chanter, quand l'oncle Zéph se leva.

Tout le monde fit silence :

— Je bois à la santé des mariés, dit-il de sa belle voix sonore. Ils sont jeunes, honnêtes et bons travailleurs. Que Dieu bénisse leurs efforts, et leur accorde en échange toutes les joies de la famille.

— Vive les mariés ! vive les mariés ! s'écrièrent tous les assistants.

L'oncle Zéph fit un signe avec la main pour montrer qu'il voulait parler encore.

— J'ai une autre santé à vous proposer, mes amis, reprit-il.

— Je bois à la bonne mère ! à celle dont la vie a été consacrée au bonheur de ses enfants, à celle dont le courage, la probité, la douceur, ont fait d'eux, ce qu'ils sont aujourd'hui : d'honnêtes femmes, qui peuvent être données en exemple à tous ceux du pays. Je bois à Claudine Paturel !...

— Oui ! oui ! vive Claudine ! cria-t-on de toute part.

La pauvre Claudine pleurait de joie, elle aurait voulu répondre ; mais elle était incapable de dire un mot. Enfin elle fit un signe à Martin, et le jeune homme se leva aussitôt.

— Mes amis, dit-il d'une voix vibrante, je veux, comme chef de la famille, répondre aux toasts qui viennent d'être portés ; ma mère me charge de dire, devant tous, que si elle est venue heureusement à bout de sa tâche, c'est grâce à la générosité d'un homme qui, depuis la mort de notre pauvre père, ne s'est pas lassé un seul jour de lui prodiguer son argent et ses conseils.

et qui n'a épargné ni le temps ni les démarches pour être utile à la veuve et à ses pauvres enfants. Il nous a donné tant de preuves de son affection, lui le savant, l'homme d'esprit, que nous serions tous bien heureux, Madame, ajouta Martin en se penchant vers Suzanne sa voisine, avec une gaucherie émue qui contrastait d'une manière touchante avec sa crânerie habituelle, si vous nous permettiez de nous servir désormais du surnom que vous lui avez donné...

Et comme la jeune femme, surprise, inclinait la tête en souriant, Martin éleva son verre :

— A l'oncle Zéph ! dit-il. Que Dieu se charge de notre dette, et rende au centuple, à lui et aux siens, le bonheur que nous lui devons.

— Vive l'oncle Zéph ! vive l'oncle Zéph !... dit toute l'assemblée en se levant pour rendre hommage à M. Tournois.

— Martin, mon cher Martin, c'est trop ! s'écria M. Zéphyrin tout ému. Eh bien ! oui, j'y consens, désormais je serai pour vous tous l'oncle Zéph.

Vives acclamations dans l'auditoire.

— Mais sachez, mes chers neveux, mes chères nièces, reprit l'orateur avec un fin sourire, en imposant silence du geste, que si vous croyez me devoir quelque reconnaissance, moi, de mon côté, j'ai des remercîments à vous adresser......

Tout le monde prêta l'oreille.

— Oui, mes amis, continua M. Tournois. Savez-vous ce qu'était l'oncle Zéph à son arrivée à Saint-Michel ? Un vieux bougon de professeur, destiné à périr d'ennui, faute d'avoir, comme de coutume, une vingtaine de gamins à faire piocher, à malmener, à gronder tout haut, à aimer... tout bas. Suzanne me faisait la vie si facile que je me sentais tout doucement devenir vieux avant l'âge; mais, grâce aux poussins de la Claudine, j'ai conservé ma verve d'autrefois. Sept bambins et bambines à surveiller, à moraliser, à tarabuster, quelle aubaine!... Il y en avait deux surtout (je ne vous les nommerai pas)...

Tous les regards se dirigèrent vers Martin et Martine, qui éclatèrent de rire.

— Ah! les chers petits vauriens! que de peines ils m'ont données! mais que de bon sang ils m'ont fait faire! Chacune de leurs fredaines était pour moi l'occasion d'un regain de jeunesse. Ce sont eux qui m'ont maintenu en bonne santé et en belle humeur. Donc, c'est à moi de les remercier aujourd'hui. Et s'ils ne m'en veulent pas...

— Oh! non! non! s'écrièrent à la fois Martine et Martin...

— Nous allons donc trinquer ensemble, mes amis, et puissions-nous nous retrouver tous encore réunis plusieurs fois, pour fêter les mariages des autres poussins de la Claudine!...

FIN.

POITIERS. — TYPOGRAPHIE OUDIN.

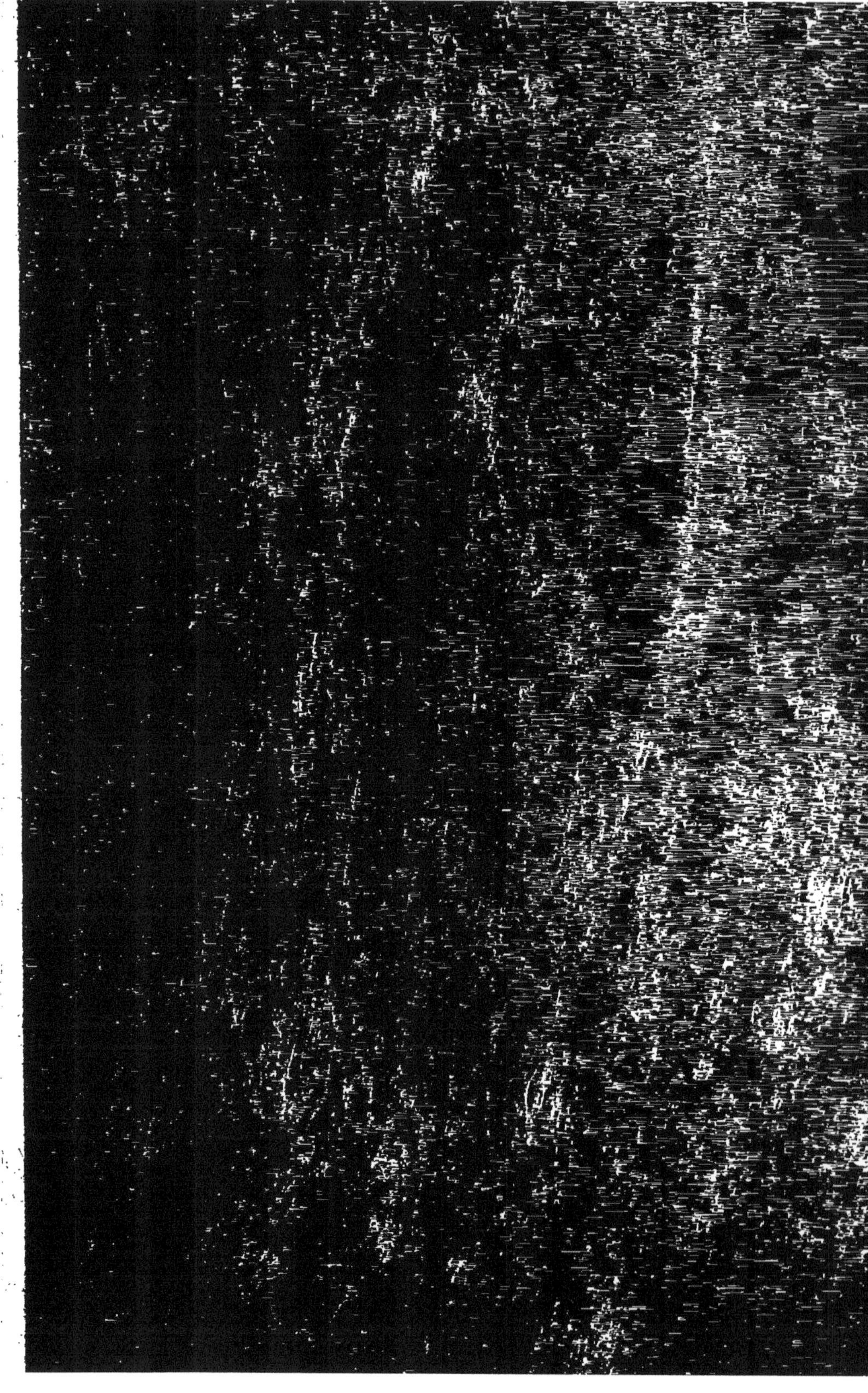

www.ingramcontent.com/pod-product-compliance
Ingram Content Group UK Ltd.
Pitfield, Milton Keynes, MK11 3LW, UK
UKHW020143200726
13856UKWH00003B/829